WS
ウェッジ選書

万葉を旅する

中西進

ウェッジ

み吉野の　象山《きさやま》の際《ま》の　木末《こぬれ》には
ここだもさわく　鳥の声かも
山部赤人（巻六―九二四）

吉野山

奈良県吉野郡、大峰山系の北端を南北に走る尾根。最高峰・青根ケ峰（八五八メートル）。「神話によると吉野には尾のある人が泉をかがやかせていたり、岩石を押し分けて出て来たりしたという。異形の者が棲む、ふしぎの異界が吉野であった」（八七頁）。

三輪山を　しかも隠すか　雲だにも
情《こころ》あらなむ　隠さふべしや　額田王（巻一―一八）

三輪山

大神《おおみわ》神社の神体とされる円錐形の秀麗な山（四六七メートル）。「古代人はこの山を神奈備山《かんなびやま》としてあがめた」（二八頁）。

味酒《うまさけ》を　三輪の祝《はふり》が　いはふ杉　手触《てふ》れし罪か
君に逢ひがたき
丹波大女娘子（巻四―七一二）

大神神社

奈良県桜井市。背後の三輪山をご神体とする大社。「いまも壮麗な拝殿が茅葺の軒をそり返らせて偉容を誇っているが、そこに額づいて山をおろがむという思いは、いかにも古代に参入する感があって、すがすがしい」（三一頁）。

ひさかたの　天《あま》の香具山《かぐやま》　このゆふべ
霞《かすみ》たなびく　春立つらしも

（巻十―一八一二）

穴師より大和三山を望む
（入江泰吉／奈良市写真美術館）

飛鳥古京の北に並ぶ、畝傍《うねび》山、香久山、耳成山。「香具山に、畝傍、耳梨という二つの男山が恋したことも有名だろう。妻あらそいの伝説は、大和の人々の民話のなかでも、香具山が愛され親しまれてきたことを示している」（一八五頁）。

古《いにしへ》の　ふるき堤《つつみ》は　年深み
池のなぎさに　水草《みぐさ》生ひにけり

山部赤人（巻三―三七八）

【法華寺】
奈良県奈良市法華寺町。藤原不比等の住居を、光明皇后が総国分尼寺として建立した。大和三門跡に数えられる。「法華寺は尼寺だから、たたずまいがやさしい」（一七七頁）。

長谷《はつせ》の　斎槻《ゆつき》が下に　わが隠せる妻
茜《あかね》さし　照れる月夜《つくよ》に　人見てむかも

（巻十一―二三五三）

長谷寺

奈良県桜井市。六八六年、道明上人が天武天皇の病気快癒を祈願して建立。真言宗豊山《ぶざん》派の総本山。「隠口《こもりく》の泊瀬《はつせ》」と万葉集に歌われるように、初瀬寺、泊瀬寺、豊山寺とも言われた。平安時代には貴族の間で「長谷《はせ》詣で」が流行った。

（四九、五七頁）。

采女《うねめ》の　袖吹きかへす　明日香風《あすかかぜ》
都を遠み　いたづらに吹く
志貴皇子（巻一―五一）

【甘樫岡への登り口】
奈良県高市郡明日香村豊浦。「甘樫岡の向う側には豊浦宮、田中宮、甘樫岡の上には大化（六四五）以前には蘇我氏の邸宅がそびえていたという。これらは飛鳥川に沿った、一大ページェントといってよいだろう」（八二頁）。甘樫岡には志貴皇子の歌碑が建つ。

万葉を旅する

目次

❖第一部❖
万葉の古代空間 007

❖第一章
万葉びとの宇宙観 008
神の降臨する山／神奈備のコスモロジー／井手の玉水／復活を望んだ諸兄／浄土への幻想

❖第二章
万葉の道を歩く 018
緑濃い歌垣の山／万葉びとのやさしい心づかい／人間の原点を見すえた歌／自然の正体を発見した赤人／魔性と戦いながら愛を祈る人麻呂／魂がよばれる魔の時刻

❖第三章
大和しうるはし——三輪とその周辺 028

三輪山／三輪の祝／狭井神社／箸墓／瑞籬宮／太陽の道／
三輪川／海石榴市／歌垣／巻向／弓月ガ嶽／巻向の山川／
穴師／宮跡二つ／檜原

❖第四章

近江から薩摩へ

一　鳥になった王――近江
二　歴史の翳り――比良
三　古代の宮都――飛鳥・近江
四　渡来の文化――近江・大和
五　死と再生――吉野・二上山
六　人麻呂の感懐――宇治・飛鳥
七　家持の執心――越中
八　二つの航行歌――西瀬戸
九　人麻呂の妻恋い――石見
十　遠の朝廷――筑紫路
十一　長田王の旅愁――薩摩

❖第二部❖ 万葉の旅 107
陸奥／曝井／赤見山／碓氷峠／富士山／多摩の横山／多摩川／相模嶺／引佐細江／引馬野／鳴呼見の浦／波多／白山町の離宮跡／妹背の山／磐代／玉津島／珠洲／立山／延槻川／羽咋／味真野／帰廻／後瀬山／伊香山／塩津／鳥籠の山／唐崎／蒲生野／相坂／和束／宇治川／久邇／奈良の手向／奈良の明日香／法華寺／纒向／海石榴市／吉隠／香具山／泣沢／八釣／檜前／二上山／宇智／朝妻／象山／須磨／絶等寸／飼飯／熟田津／飫宇の海／高角山／鴨山／角島／熊毛の浦／志賀の島／可也の山／松浦川／壱岐／対馬
あとがき……………228

万葉を旅する

第一部

万葉の古代空間

❖第一章

万葉びとの宇宙観

神の降臨する山

『万葉集』に「かんなび」ということばがしばしばみられる。字は神奈備、神南備、神名備とさまざまだが、神が降臨するあたりという意味である。美しい円錐状の山がそれとされ、大和の三輪山《みわやま》が典型的であろう。

この山は後々、飯盛山《いいもりやま》とかおむすび山とかといわれることになる。いかにもよく、形をいい表しているし、大きくは富士山などをその一つと数えてもよい。また、二上山《ふたかみやま》など、峰が二つの山も、かんなび山が二つ並んだと考えられたらしい。

そしてかんなび山は、まわりをかんなび川が流れていることを、条件とした。三輪山に三輪川があるように。飛鳥のかんなびは雷丘《いかずちのおか》とされるが、そのまわりを飛鳥川が取り巻いて流れるように。

するとこの山と川は、まるで水中にそびえる山のように見える。これを中国ふうにいえば東海のなかにある蓬莱《ほうらい》の島ということになろう。中国の神仙思想でそのように考えられた蓬莱は不老不死の仙人が住むユートピアであり、神が降りてきたというかんなびと、結果的には一致する聖域であった。

この聖域を仏教的にいうと須弥山《しゅみせん》となる。これまた海中にそびえる帝釈天の居山である。それをまねた須弥壇《しゅみだん》は仏像を安置する台として用いられた。

そして須弥山は世界の中心にそびえる山であった。この点、東海にある蓬莱は趣が別だが、中国では古く崑崙《こんろん》山が天を支える柱の山と考えられ、崑崙はまた西王母《せいおうぼ》という最高神のいる所であった。

神奈備のコスモロジー

どうやらわが万葉のかんなびも、これらとひとしく宇宙の中心を占める神山であったらしい。世界の中心にかんなび山があり、まわりにかんなび川がある。これを仰ぎ見るところに世界がひろがる。そう考えるのが万葉びとの宇宙観《コスモロジー》であった。

藤原の宮以後、とくに平城の都は条と坊とによって区切られる四角な空間となったが、それ以前の飛鳥時代に、人々の居住空間を支配した原理は、いわば神奈備のコスモロジーといったもので、飛鳥時代の人々はそのなかに飛鳥の地を選び、かんなびを中心として生活した。

このことを飛鳥の万葉歌人は残念ながらうたうことがなかったが、一時代あとの奈良朝の歌人、山部赤人はその図式のなかで飛鳥をうたった。

神岳《かむをか》に登りて山部宿禰赤人《やまべのすくねあかひと》の作れる歌一首

三諸《みもろ》の　神名備山《かむなびやま》に　五百枝《いほえ》さし　繁《しじ》に生《お》ひたる　つがの木の　いや継《つ》ぎ継《つ》ぎに
玉かづら　絶ゆることなく　ありつつも　止《や》まず通はむ　明日香《あすか》の　旧《ふる》き京師《みやこ》は
山高み　河雄大《かはとほしろ》し　春の日は　山し見がほし　秋の夜《よ》は　河し清《さや》けし　朝雲に　鶴《たづ》
は乱《みだ》れ　夕霧《ゆふぎり》に　河蝦《かはづ》はさわく　見るごとに　哭《ね》のみし泣かゆ　古《いにしへ》思へば

（巻三—三二四）

この長歌にしても飛鳥の神奈備のコスモロジーをみごとにうたい上げていて、破綻がない。かんなび山は草木が繁茂し、山は高く上空に鶴が乱れ飛び、川は清く雄大に流れていて河蝦がなきしきるという。中国の神仙山に鶴は欠くことのできない鳥である。河蝦もまた、水と陸とをつなぐ聖なる動物である。

赤人の歌は、よく絵画的だといわれる。その理由は、この完成された秩序性にも由来するであろう。

井手の玉水

この、飛鳥に都をおいた万葉びとの宇宙観は、平城京という人工的な大都城をこそよしとする奈良朝の万葉びとによって過去のものとなる。右の赤人という奈良朝の歌人が「旧き京師」としてうたったのも、その一つの現れであった。

しかし、奈良朝の万葉びとにとっても、古い宇宙観は、まったく捨て去られたのではない。聖武天皇が天平十二年（七四〇）から平城京を離れて恭仁《くに》京を営もうとしたことは、古い宇宙観の変形とみることができる。すなわち山と水とを取り入れた都市計画であり、平面的な広がりのなかに都市を敷設しようとするものではなかった。

恭仁は狭隘《きょうあい》な地である。泉川を取り入れることによって得られる広がりを不可欠とする。そこに出現する山と水との都市こそ、あのかんなびの、聖山と聖水とによって構築される聖性を引き継ぐものであろう。

そして、この遷都を強力に推進したのが左大臣 橘 諸兄《たちばなのもろえ》（当時右大臣）であったことは、さらに深い示唆をわれわれに与える。

実は諸兄は、恭仁京に近い泉川べり、井手というところに別荘をもっていたという。いまの井手町、よって井手左大臣ともいわれた（『新勅撰集』）。

ところで、鴨長明の作といわれる歌論書『無名抄《むみょうしょう》』によると、諸兄は井手の玉水に石を並べおき、川岸に山吹の花をおびただしく植えたらしい。「花盛りには金の堤などを築きわたしたらんやうにて、他所には優《すぐ》れてなん侍《はべ》りし」という。

それ以後「井手の山吹」として世に聞こえ、歌枕ともなってつぎつぎと歌がよまれることとなる。

かはづなく　ゐでの山吹　ちりにけり　花のさかりに　あはましものを
（読み人しらず『古今集』一二五）

は、歌枕となったことの早さを物語っていよう。

復活を望んだ諸兄

それでは、なぜ諸兄は井手に玉水を求め、そこに山吹を植えたのか。実は、遠く「西方アジアの神園における生命の川および復活の花」が、当時日本でも信じられていたという（土居光知《どいこうち》『古代伝説と文学』）。この復活の花とは菊、蓬《よもぎ》、水蓮などで、土居光知氏は日本では山吹と考えられていたのではないかとする。

諸兄は、要するにこの生命の川と復活の花園を自らの邸宅のなかにつくろうとしたのである。古く、十市皇女《とおちのひめみこ》が死んだとき（天武七年＝六七八）高市皇子《たけちのみこ》は、

山吹の　立ち儀《よそ》ひたる　山清水　汲みに行かめど　道の知らなく　（巻二―一五八）

とよんだが、これも伝説上の復活の泉をよんだものであった。諸兄はこの悔いを繰り返さずにすんだことになる。

権力者が最後の望みを永生にかけることは世の常である。藤原頼通《よりみち》も平等院に鳳凰堂を築き前に池をしつらえて、さながらに浄土の仏を拝む構造をつくり出した。これと等しく諸兄もわが庭園を永生の地として構築したのである。ただ、その復活の泉は西方からの伝説そのままの形で取り入れたのではないらしい。

蝦《かは》鳴《づ》く　甘奈備《かむなび》川に　影見えて　今か咲くらむ　山吹の花　厚見王《あつみのおおきみ》（巻八―一四三五）

という歌によると、川はかんなび川であり、古い神奈備の伝統は、消えることなく生きつづけていることが知られる。川は聖なる川であり、そのゆえに生命を復活させることができると考えた。諸兄という奈良朝の宰相が親しんだものは、シルクロードを通ってやってきた伝説だったけれども、一方に伝統的な聖性をもつかんなび川が存在したことによって、伝説は受容されたのである。

浄土への幻想

こうした諸兄によって領導された恭仁京遷都が水辺において計画されたことは、納得のいくことであろう。諸兄も聖武天皇も、聖なる水を求める心がしきりだったのである。

しかし聖武天皇にはもう一つの理由もあった。すでに戒を受けて勝満《しょうまん》と称し、熱心に仏道を求めていた天皇は、恭仁遷都のころから東大寺の大仏建立を夢みはじめる。その原型ができたのも、紫香楽宮《しがらき》においてである。

こうした天皇の意志からすれば、住居そのものが浄土であることこそ願わしかったであろう。恭仁京がほとんど水上に営まれるほどに清浄な水に浸されているのも、一つの浄土の具現にほかならなかったであろう。

紫香楽宮も、その延長上に考えられる。いま知られる紫香楽宮跡は寺院である。だからここは甲賀寺で別に宮があったとする意見もあり、現に候補地が発掘されていることは周知のとおりだが、仮に別に宮があったとしても、寺院形式の現宮跡に天皇が起居したことは充分に考えられる。むしろ寺と宮とを区別しない生活こそが、このときの天皇にふさわしかったであろう。

残念ながら、聖武天皇の仏心を語る万葉歌はない。しかし、すでに神亀《じんき》五年（七二八）、山上憶良《やまのうえのおくら》は厭離穢土《えんりえど》、欣求浄土《ごんぐじょうど》を願って一首の漢詩を詠《よ》んだ。

愛河《あいが》の波浪は已先《すで》に滅《き》え、
苦海の煩悩《ぼんなう》も亦《また》結ぼはることなし。
従来《むかしより》この穢土《ゑど》を厭離《えんり》す。
本願をもちて生を彼《そ》の浄刹《じやうせつ》に託《よ》せむ。

（巻五―七九四の前）

大仏開眼に先立つこと二十四年の作だが、天皇すでに在位五年の折である。そして恭仁京にも従駕し、開眼にも立ち会った大伴家持《おおとものやかもち》は、天平勝宝八年（七五六）に「修道を欲《ほり》して」つぎのような歌をつくった。

うつせみは　数なき身なり　山川の　清《さや》けき見つつ　道を尋ねな
渡る日の　影《かげ》に競《きほ》ひて　尋ねてな　清《きよ》きその道　またも遇《あ》はむため

（巻二十―四四六八・四四六九）

この浄土思慕は聖武天皇とて同じであったろう。「山川の清けき」ことも浄土の風景として幻視されたものである。

われわれはこの幻想がさながらに水上都市の計画でもあり、同時に、あのかんなび山とかんなび川との構図とも通い合うものでもあることに、興味の尽きないものを覚えるではないか。

❖第二章

万葉の道を歩く

緑濃い歌垣の山

万葉の歌には、大地のにおいがある。とくに東国の歌はそうだ。

筑波嶺《つくはね》に　雪かも降らる　否《いな》をかも　かなしき児ろが　布乾《にのほ》さるかも

（巻十四―三三五一）

いまの茨城県、万葉時代には常陸《ひたち》とよばれた地方の国府《こくふ》は石岡市にあった。だから筑波山は、すぐ近くにそびえる山で、彼らがいつも仰いでいた山である。

しかも筑波山は東京あたりからも目立つ山だし、頂上が二つある、いわゆる二上《ふたかみ》山の形をもつから、神聖な山と考えられた。

万事生産を尊んだ古代人は、二つの男女の峰々が、豊かなみのりをもたらしてくれるにちがいないと考えたのである。

だからここでは、歌垣《うたがき》とよばれる行事も行なわれた。男女が集まって歌をかけ合い、意気投合すると一夜を共にする。男女の性行為は農作物の豊作をもたらす祈りでもあった。

そこで筑波山といえば、誰でもがすぐ愛の交歓を思い出した。喜びも悲しみも、ともどもに愛の情愛につつまれた山が筑波山だった。

万葉びとは、こんな筑波山に向かって、恋愛情趣たっぷりの歌をうたう。しかも、いささかユーモラスに。

この歌はまず、「筑波山に雪が降っているのかな」と歌い出す。そして「いや、違うのかな」という。そして「あの、かわいい女の子が、布を乾しているのかな」と続ける。

おそらく筑波山には、まだら雪が点々と降ったのであろう。「違うのかな」などといいようもなく、まだら雪なのである。

しかし、それではおもしろくない。「違うのかな」といってみて、「点々と白いのは、あの子が洗濯した布を乾しているのじゃないの」とふざけてみる。

まさか山のてっぺんまで点々と布を乾すことなどありえない。だからそのばかばかしさに、歌をきいた者たちはどっと笑う。しかし人々はその一方ですぐ、洗濯をする女の、しかもひとりひとり、自分の好きな女の姿を思い浮かべるだろう。そして妙にうきうきした気分にかり立てられるにちがいない。

この歌は、こうした笑いとほのぼのとした情感に支えられて、人々の間で歌われつづけたらしい。酒を飲む時にも、労働をする時にも。

それもこれも、筑波山が歌垣の山として親しまれていたからである。そういえば筑波山は緑濃く、豊かな山ではないか。『風土記《ふどき》』という八世紀の書物に、富士山は草木が育たずきびしい山だが、筑波山は緑豊かな山だとある。その点、二つの代表的な山はいい対照をなす。

常磐《じょうばん》自動車道を走っていると、一か所、筑波山と富士山とを左右に見ることのできる地点がある。天候の具合でチャンスはきわめて少ないが、最初に見つけた時の感動を、私はいまだに忘れない。あの『風土記』を書いた人は、同じように二つの山を見くらべていたにちがいないのである。

　　万葉びとのやさしい心づかい

山といえば足柄山も万葉人がよく歩いた山であった。足柄峠をこす歌もあるし、箱根の山も歌われた。

足柄《あしがり》の　箱根の嶺《ね》ろの　和草《にこぐさ》の　花つ妻なれや　紐解《ひもと》かず寝む　（巻十四―三三七〇）

「箱根山にはえる和草のような花妻なら、紐をとかないで寝よう」という歌もその内の一首である。和草は、やわらかい草、ういういしいやわらかい草に、少女のイメージを重ねていることは、いうまでもない。その上に花のような妻というのだから、なおのこと美しい妻である。

つまりこの一首は、女が和草の花妻のようだから、せっかく一夜を共にしながら衣服をつけたまま寝ようという、女へのいたわりを歌ったものだ。花妻といえば、一層恋しさはつのるだろうが、花だからこそ散らすまいとする男の気持もわかる。反対に憎々しい女なら、どんなに残酷に扱ってもいいという気持もわくだろう。

万葉びとは、こんなにやさしい心づかいをする人たちでもあった。しかも、箱根山の道ばたでふと見つけた若々しい草から若い女を連想する。万葉びとは自然のおどろくべき発見者だったし、そこにさまざまな連想を楽しむ天才たちであった。

それでいて、いつも心は愛へとめぐっていった。何もしないで一夜をすごそうという、純愛物語までも展開させながら。

人間の原点を見すえた歌

同じような天才の歌に、次のようなものもある。

信濃なる　千曲《ちぐま》の川の　細石《さざれし》も　君し踏みてば　玉と拾《ひろ》はむ

（巻十四―三四〇〇）

信州小諸あたりを流れる、あの千曲《ちくま》川である。その河原にある丸い小石、何の変哲もないどころか瓦礫《がれき》とよばれて役に立たないものの代表のようにいわれる小石だが、それを恋人が踏んだら、私は玉として拾いましょうという歌である。

玉石混交ともいうだろう。玉と石とは正反対のものだのに、恋はすべての風景をバラ色にかえてしまうのである。かりにただの石ころを大事に大事にしている女を見たら、他人は正常な女とは見ない。だのにうっとりと陶酔している女、それはいささか馬鹿げてもいるが、かえって人間らしく思える。それがよそ目で見た恋というものであろう。

万葉の歌は、そんな人間の原点を見すえた歌なのである。現代社会のめまぐるしいテンポ、あまりにも複雑な人間関係に疲れた時、万葉の歌をもとめて筑波山や箱根、また千曲川のほとりにたつのもよい。現代が失った人間性、大地の豊かなにおいにつつまれた人間の息づかいが聞こえてくるはずである。

自然の正体を発見した赤人

もちろん万葉の中にはすぐれた歌人がよんだ、独創的な歌もある。

田児《たご》の浦ゆ　うち出でて見れば　真白にぞ　不尽《ふじ》の高嶺に　雪は降りける

山部赤人（巻三―三一八）

今でも冬空などに雪をかぶった富士山が見えると、その荘厳さにうたれる思いがする。しかも今まで山蔭《やまかげ》にかくれていたものが、突然おどり出てきたりすると、畏怖《いふ》に似たものさえ、感じることがあるではないか。たしかに『風土記』のいうように筑波山とは対照的だが、それなりの威容を誇っている。

八世紀の万葉歌人、山部赤人も同じ経験をしたらしい。この歌は薩埵《さった》峠を越えたとたんに眼前にそびえる富士山をよんだとされている。西からゆるやかな峠道を登り切ったところである。前面は海、その向うの中空に、富士山が巨大な姿を見せる。

赤人が強調するのは純白の雪だ。その白さは、神々しさを感じる気持が、残すところなく表現されている。神々しさにひれ伏す心は古代の歌人としての、自然への尊敬を示しているが、同時にそれは美しさへの感動でもあった。尊いものの美しさ、恐ろしいほどの美しさ、そうした自然の正体の発見者が赤人だった。

これも現代人が忘れたものではないか。自然を破壊し、自然を軽んじる現代文明に、十分な反省をもたらすものが万葉の歌だといってもよい。

魔性と戦いながら愛を祈る人麻呂

だから、赤人よりももっと古い七世紀の歌人柿本人麻呂はいっそう自然の神々しさに敏感だった。

小竹《ささ》の葉は　み山もさやに　乱《さや》げども　われは妹《いも》思ふ　別れ来《き》ぬれば

柿本人麻呂（巻二―一三三）

島根県江津《ごうつ》市を江《ごう》の川が流れる。そのほとりの、いま島の星山とよばれる山を人麻呂が越えようとした時の歌だと考えられる。人麻呂は石見《いわみ》の国府（いまの下府《しもこう》駅の近く）から妻と別れて都へと旅立ってきた。その人麻呂のまわりにざわざわと小竹が音を立てる。その音はまるで悪魔のささやきのように、人麻呂の心を混乱させて死へみちびこうとする。

しかし人麻呂は別れた妻のことを一心に思っている。死への誘惑と、それと戦う愛。死と愛との葛藤《かっとう》を人麻呂は心に感じながら、心細い山道の旅をつづけている。この時よんだ他の歌によると、人麻呂は一心に袖を振って妻の魂をよんでいる。当時は、体が離れても魂は体を離れて合体できると考えたからだ。その神秘な瞬間をひたすら祈りながら歩く。

夕方だったらしい。夕方は魔性の者がうごめく時刻だった。魔性と戦いながら、人麻呂は愛を祈る。自然の力は、けっして軽んじるべきものではなかったのである。

魂がよばれる魔の時刻

ふたたび関東地方の歌に戻るが、同じように夕ぐれの道を歩く万葉人の、似たような歌がある。

日の暮《ぐれ》に　碓氷《うすひ》の山を　越ゆる日は　背なのが袖も　さやに振らしつ

（巻十四―三四〇二）

碓氷峠を夕方越えるのは、作者の愛すべき夫である。その時、夫は袖を振った、と妻は思った。家にいる妻に峠で振る袖など見えるはずはない。だのに、はっきりと振ったというのは、魂がよばれたのを、いま感じたのである。

人麻呂もこの男も袖を振るところを見ると、夕ぐれはやはり魔の時刻で、魂の合体を求めなければ死んでしまったのであろう。しかも峠は、これを越えると他国へと入るから、別れが決定的になる地点だった。『雪国』ふうにいうと、国境《くにざかい》をこえると景色が一変して雪国となる、それであった。山の坂《さか》が境《さかい》なのである。

万葉の歌は農民の歌と有名歌人の歌とを問わず、大地、自然と対面し、その豊かさや神々しさを十分に汲《く》みとった歌々である。その歌は日本全国といってよいくらいに広くうたわれている。この歌々を求める旅は、心の糧を求める旅でもある。

❖第三章

大和しうるはし——三輪とその周辺

三輪山

われわれはなぜこれほどに円錐形の山が好きなのであろう。日本じゅうに鉢伏山《はちぶせやま》や飯盛山《いいもりやま》がある。三笠山《みかさやま》もそうだし船山・船岡もそうだろう。円錐のなかにはもっとも切りつめられた、量のもつ造型美があるのだろうか。

そのなかでもすぐれて美しく代表的なものが三輪山《みわやま》である。大和盆地の東縁、そのほぼ中央に西縁の二上山《ふたかみやま》と対峙《たいじ》するかのようになだらかな山容を見せる三輪山は、北に巻向山《まきむくやま》、南に初瀬《はつせ》また倉梯山《くらはしやま》を従えて、一段とせり出した形に見える。四六七メートルの高さは、もちろん高山というのではないが、ちょうど初瀬谷《はつせだに》を扼《やく》するごとき位置にあって、まっ先に目に入る山である。

古代人はこの山を神奈備山《かんなびやま》としてあがめた。神奈備山とは「神ノ辺《び》」という意味で神が降臨するほとりをいったものだろうか。「みもろ」（三諸）とも「みむろ」ともよばれた。これは「御降《みも》り」によるものであろう。私は一度狭井《さい》神社の横からお祓《はら》いをうけて登ったことがあるが、あちこちに磐座《いわくら》を見かけた。

これは山頂のものを奥津《おくつ》磐座、中腹のものを中津《なかつ》磐座そして山麓のものを辺津《へつ》磐座というのだときいた。それぞれを大物主神《おおものぬしのかみ》、大己貴神《おおなむちのかみ》、少彦名神《すくなひこなのかみ》の鎮《しず》まるところというのは付会の感をまぬがれないにしても（大物主と大己貴は同一神と考えるべきだろうから）、全山に神霊をやどす聖山たることに、ちがいはない。

右にあげた大物主とは、万物の主《ぬし》たる大神であると同時に偉大なる霊《もの》の神だから、すべての事物の神霊を統《す》べる神である。のみならず、彼は大己貴神と同一神格であることにおいて、大地主神であり、大地の地神すべてに優先する神であった。

この神は三輪山に下り、山そのものを神としてしまう。三輪山は大地の事物のことごとくを従えて、あの秀麗《しゅうれい》な山容を誇るのである。これを人々が大切にしないいわれはない。

三諸《みもろ》は　人の守《も》る山　本辺《もとへ》は　馬酔木《あしび》花咲き　末辺《すゑへ》は　椿《つばき》花咲く　うらぐはし

山そ　泣く児守《も》る山　（巻十三—三二二二）

はおごそかさより、多少人間味の勝った山だが、こうして大切に守りつづけてきたのが、三輪山であった。だから、この山に統べられた大和を捨てて都を近江に移さなければならなくなった時に、額田王《ぬかたのおおきみ》が悲痛な惜別《せきべつ》の歌を作るのも当然であろう。

味酒《うまさけ》　三輪《みわ》の山　あをによし　奈良《なら》の山の　山の際《ま》に　い隠《かく》るまで　道の隈《くま》　い積《つも》るまでに　つばらにも　見つつ行かむを　しばしばも　見放《みさ》けむ山を　情《こころ》なく　雲の　隠さふべしや　（巻一—一七）

三輪山を　しかも隠《かく》すか　雲だにも　情《こころ》あらなむ　隠さふべしや　（巻一—一八）

この歌に目立つものは「見る」という単語の多用ではないか。「見る」ことが相手をほめる行為であり、魂振《たまふ》りを意味したことはよく知られていよう。この場合も、いつまでも見つづけ、賞美しつづけることをせめてもの願望としつつ、一行は大和を去ったのである。

三輪の祝

三輪山は山そのものが神の依《よ》り代《しろ》として御神体だから、ここに大神《おおみわ》神社とよばれる社ができても、拝殿だけで本殿があるはずはない。いまも壮麗な拝殿が茅葺《かやぶき》の軒をそり返らせて偉容を誇っているが、そこに額《ぬか》づいて山をおろがむという思いは、いかにも古代に参入する感があって、すがすがしい。

もちろん万葉の時代には、こんな建物は存在しなかった。神主らが幣《ぬさ》をささげ、神酒《みわ》をすえて祈ったことであろう。

神名備《かむなび》の　三諸《みもろ》の山に　斎《いは》ふ杉《すぎ》　思ひ過ぎめや　蘿《こけ》生《む》すまでに　（巻十三―三二二八）

斎串《いくし》立て　神酒《みわ》坐《す》ゑ奉《まつ》る　神主部《かむぬし》の　髻《うず》華《ず》の玉蔭《たまかげ》　見れば羨《とも》しも　（巻十三―三二二九）

この二首はある長歌の反歌で、その長歌には明日香川が歌われているので、右のものも飛鳥の神名備ととることも可能だが、杉を斎《いわ》うことは、

味酒《うまさけ》を　三輪《みわ》の祝《はふり》が　いはふ杉《すぎ》　手触《てふ》れし罪か　君に逢《あ》ひがたき
丹波大女娘子《たにはのおほめのをとめ》（巻四―七一二）

のように三輪に多く、巻十三の長歌と反歌は本来別のものだったことが知られるから、やはり三輪を歌った二首と考えるのがよいであろう。

すると第一首は三輪の神聖な杉を祭っていたことを示す一首となる。いまも大神神社の境内には一本の老杉があって、ここに棲《す》む蛇をあがめている。三輪の神に化《け》身《しん》して、倭迹々日百襲姫《やまとととひももそひめ》のもとに通ったという神話（『日本書紀』巻五、崇《す》神《じん》紀十年九月）によるものであろう。

歌の意は、この杉を「思ひ過ぎ」に同音をもって重ね、愛の枕に羅《こけ》がむすまでもお前を忘れないというもの、誓い歌である。

これに対して第二首目は具体的な祭祀の仕方が見られておもしろい。神主たちは

斎串《いぐし》を立て、神酒をすえて神をまつったらしい。神聖な串を立てることは、神域を明らかにして、神の尊厳を顕彰するものだったろうか。また、神酒《みわ》はミワという山の名にちなむものであろう。

それにしても神主のもとどりには、日蔭のかずらが美しく挿されていたらしく、それを人々はかねて神々しいものと思っていたことが知られる。神と対話することの可能な、その選ばれた者への憧れが、近隣の人々のなかにあったであろう。

もう一つ、

神山《かむやま》の　山辺真麻木綿《やまへまそゆふ》　短木綿《みじかゆふ》　かくのみ故《から》に　長くと思ひき　（巻二―一五七）

も三輪山をよんだ一首で、山辺真麻木綿とは山のほとりに麻の繊維の木綿幣《ゆうしで》を飾ったものであろう。しかもこれは短いことにおいて独特だったろうか。

一首は十市皇女《とおちのひめみこ》がなくなった時、高市皇子《たけちのみこ》が悲しんで作った挽歌である。二人の逢瀬《おうせ》は短い時間しか許されていなかったので、そのゆえに末長く愛し合いたいのに早々と死んでしまったことを皇子は嘆いた。かつて十市は、弘文天皇という壬申《じんしん》の乱で斬首された天皇の妃《きさき》であった。

だから、短木綿《みじかゆう》は短いことを比喩にばかり用いられたのではあるまい。薄幸の美女、神々しい皇妃の神韻を三輪山の森厳さに託した一首だと思われる。

風に吹かれる短木綿は、純白な悲しみの風景に見えたろうか。

狭井神社

大神神社の神前から左に道をとると、さきほど、山頂に登るといった狭井《さい》神社に出る。大神神社の摂社だが、三輪山麓を流れる狭井川のほとりに鎮座する神でもある。

サヰとは山百合のことで、昔このあたりには多く自生していたという。『古事記』はそうわざわざことわったうえで、神武天皇がサヰ川のほとりの女、伊須気余理比《いすけよりひ》売《め》と一夜御寝《みね》なさったと語る。いまでもその地であることを示す標石が建てられているが、この話は、まるで神武が山百合の女と結婚する必要があったといわぬばかりである。そしてこの女は三輪山の神、大物主の娘だという。神武といえば初代の王である。始祖王は三輪の神の娘たる百合の精に感染されることによって、王たる資格を身につけたというべきだろう。

『古事記』はこの時の歌として次の一首をかかげる。

葦原《あしはら》の　醜《しけ》しき小屋《をや》に　菅畳《すがたたみ》　いや清敷《さや》きて　わが二人寝し　（記―二〇）

こうしたいきさつから、狭井神社はいま大物主神のほかに姫とその母勢夜多々良《せやたたら》比売《ひめ》などを祭り、四月十八日（昔は陰暦の三月十八日）に百合の根などを供えて鎮花《はなしずめ》の祭がおこなわれる。

鎮花の祭は、晩春のこのころに落花によって起こる疫病を鎮静させようとする祭だったらしい。そしてこの疫病も三輪の神の祟《たた》りだと考えられたらしい。というのは『古事記』によると崇神《すじん》天皇の御代に疫病が流行して困っていた時、天皇の夢に大物主があらわれて、意富多々泥古《おおたたねこ》によって我を祭れば安らかになるだろうといった。意富多々泥古とは大物主の四世の孫だとある。

事は早速実行され、疫病は無事消え去ったという。

いま狭井神社で鎮花の祭をおこなうのは、この名残《なごり》であろう。もっとも四月十八日では百合はまだ咲かない。だから狭井神社の摂社となる、奈良の率川《いさがわ》神社では六月十七日におこなわれるらしいが、やはり正しくは陰暦三月十八日とすべきであろう。

おもしろいことに、古来三月十八日に死んだとされる人が多い。柿本人麻呂も小野小町も、そして和泉式部もそうだと伝えられる。彼らはみな、花の凶々《まがまが》しさに生命をとりこめられて死んだと考えられたのである。鎮花の祭は、そのために必要であった。

箸墓

ところで、倭迹々日百襲姫《やまとととひももそひめ》や勢夜多々良比売《せやたたらひめ》は三輪の神の嫁であったが、意富《おお》多々泥古《たたねこ》の系譜のなかでは、活玉依毘売《いくたまよりびめ》もそうであった。『日本書紀』では意富多々泥古の直接の父母が大物主と活玉依媛《ひめ》となっている。

そこで百襲姫だが、彼女は三輪の神が神懸《かみがか》りした人物で（崇神紀七年三月）、また

「能《よ》く未然《ゆくさきのこと》を識《し》りたまへり」（同十年九月）という、神性の女だった。たとえば兄の大《おお》彦命《ひこのみこと》がなぞめいた歌を少女から歌いかけられたのをりっぱに解読して、武埴安彦《たけはにやすびこ》が崇神《すじん》に謀反《むほん》を企てているのだとし、無事難をのがれることができたという。『日本書紀』はこれを「聡明《さと》く叡智《さか》しくして」といっているが、そんなに開明的なものではあるまい。要するに神秘な巫女《みこ》の性をそなえた女だったということである。

だから、やがて三輪の神、大物主の妻となった。その神話は先にすこしふれたが、神はつねに夜ばかりにきて昼は見えなかったという。そこで姫が「朝までいてほしい。美しいお姿も拝見したい」というと、神は「もっともなことだから、明日の朝は箱の中に入っていよう。ただ姿を見て驚かないように」と答えた。

あやしみながら翌朝箱を開けてみた姫は、そこに美しい小蛇を発見した。「その長さ大《ふと》さ衣紐《したひも》の如し」という。驚いて声をあげる姫、そのことをひどく恥じる大神。人間の形に戻った大神は「あなたは私を辱《はずかし》めた。今度は私があなたを辱める番だ」といって空中を三輪山に帰っていった。

このところを『日本書紀』は「大虚《おほぞら》を践《ふ》みて、御諸山《みもろのやま》に登ります」と語る。大虚を仰ぎ絶望にうちひしがれた姫はその場にへなへなと座りこんだところ、箸に陰《ほと》をさして命を失ってしまったという。

よって葬った墓を箸墓《はしはか》というようになったが、この墓を造る時、昼は人間が造り、夜は神々が造った。大坂山の石を運び出し、手から手へ伝えて造ったので、次のような流行歌《はやりうた》がおこなわれた。

大坂に　継ぎ登れる　石群《いしむら》を　手越《たご》しに越さば　越しかてむかも　（紀―一九）

大坂山に積み重なる石を切り出すのは大変だが、手から手へと運び出せば、それも可能だろうという歌である。

こうした三輪の神の嫁の墓は大市の墓といわれ、箸墓と通称されるもので、全長二七二メートルに及ぶ前方後円墳である。大神神社からはよほど北になるが、三輪山の山頂からまっすぐ西へ下ったとすると、それほど遠くはない。箸中の地に、東側を上ッ道（上街道）が通り、西側を新しい道が通る格好で位置している。

これを例の邪馬台《やまたい》国の卑弥呼《ひみこ》の墓だという説もある。そうなればロマンはいっそう広がるが、百襲姫の墓と考えるだけで十分である。近傍のどこからでも目につくこの巨墳の上に、「大虚を践」む大神の姿を幻視することは、さながら古代へと参入する感を深くしよう。

幸い箸墓の北側に池があって、箸墓の影を映し、重ねて三輪山の影も映す。

瑞籬宮

こう辿ってくると、改めて三輪山の存在の大きさに驚くであろう。山の神大物主はあらゆる事件に関与し、あらゆる土地にその影をとどめている。

そしてまた、この大物主の神と濃厚に関係する王が崇神天皇であった。崇神という王を三輪山から切り離すことはできない。いま試みに『日本書紀』をとってみると、その崇神紀は後半に全日本的国土経営のことを述べるが、前半はほとんどが大物主の神の祭祀にかかわる記事で、崇神とよばれる王が三輪の神の司祭者であった痕跡は濃厚である。この祭政一致の、祭に当たる女が百襲姫でもあったろう。

こうした崇神の性格を示すものが、崇神の、磯城《しき》の瑞籬宮《みずがきのみや》であろうか。磯城とは『和名抄《わみょうしょう》』に「城上之岐乃加美」「城下之岐乃之毛」とある地域で、大和の六《むつ》の御県《みあがた》の一つである。

しかしこの拡大された磯城以前に、狭い磯城は桜井市金屋あたりだったと思われ、そこに瑞々《みずみず》しい青垣をもって囲まれた宮を崇神は定めたのであろう。

この地はいま志貴御県坐神社《しきのみあがたにいます》の境内と考えられており、その由の標石も建っている。わたしは最初ここを探し探し行き、たどりつくと目の前の天理教会のりっぱな建物におどろいたことがある。あまりにも違いすぎる壮麗な建物の背後に、宮跡はひっそりと静まっていた。

いや、古代の名残などひそやかなほうがよいであろう。そこでひそやかに古代が語りかけてくるものに耳を向けると、面白いことがある。宮跡は、大神神社からほぼ一直線に南下する線上にあり、北上すると磐座《いわくら》神社にぶつかる。

さらにその線上には、神坐《みわにます》日向《ひむか》神社もあり神主社もある。日向神社は式内社で大物の幸魂《さきみたま》を祭るが、『古事記』によると少彦名《すくなひこな》が常世《とこよ》へ去って困却している大国主のところに海上から来た神があり、自分を倭《やまと》の青垣の東の山上に祭れといったという。この神は『日本書紀』によると大三輪の神なのだが、さてその「東の山」とあるのがこの日向のことだと『古事記伝』はいう。

かりに瑞籬宮を御県坐神社の地としてよいなら、崇神はここに君臨し、背後に日向の社と大神の神の社とを控えて三輪山の祭祀をおこなったことになる。さし当っての神座《かみくら》は磐座神社のそれであった。

古代の宮が山を背負うことはいろいろな点で顕著なことではないか。常陸《ひたち》の国府に筑波山があり、越中の国府に二上山があるように。そしてまた藤原宮が三山を控えるように。

こうして崇神天皇の宮は三輪山と一体のものであったから、崇神天皇を「御肇国天皇《はつくにしらすすめらみこと》」といったこととあい俟《ま》って、この磯城を中心として倭をとらえることがおこなわれるようになった。すなわち「磯城（敷）島の倭」という美称が誕生した。

磯城島《しきしま》の　日本《やまと》の国に　人二人《ふたり》　ありとし思《も》はば　何か嘆かむ　（巻十三―三二四九）

磯城島《しきしま》の　日本《やまと》の国は　言霊《ことだま》の　たすくる国ぞ　ま幸《さき》くありこそ　（巻十三―三二五四）

これらはすでに広く日本全体をさしているようだが、それほどの経過の後にも、磯城を倭の中心とする心意が生きていたことを知るべきだろう。

瑞籬宮と大神神社との方位線を述べたついでに、もう一つ、仮説を紹介しておきたい。話はふたたび箸墓《はしはか》に戻るが、水谷慶一氏（『知られざる古代——謎の北緯三四度三二分をゆく——』日本放送出版協会）によると、箸墓を通る北緯三十四度三十二分の線は、東に伊勢湾上の神島、伊勢斎宮趾《さいぐうあと》を通り、西に馬見《うまみ》古墳群、古市古墳群、百舌鳥《もず》古墳群をへて淡路島の伊勢ノ森に到るというのである。

もちろんこれらは全く正確にそうだというわけではない。伊勢ノ森は三・五キロ南にずれているといわれているし、わたし自身地図の上に線を引いてみると、ぴたり位置するのではない。しかし大まかにはそのとおりで、これは偶然と思えないふしがある。

水谷氏はこれを「太陽の道《サン・ロード》」とよぶ。そしてこの測量をしたのが日置部だったろうと推定した。

あれほどに重要だった三輪山のことを考えると、この太陽の道の存在はきわめて蓋然性が高いのではないか。日本にはあちこちに太陽を拝する峠や山頂がある。天《あも》生《う》、安房《あぼ》、阿保《あほ》峠とよばれるところや油日嶽《あぶらひだけ》などがそれであろう。同じように太陽を拝し、太陽が通ると信じられた場所は当然あったはずである。

そもそも日置は日招《お》きで、冬至など衰微した太陽の力を招きよせる呪術をおこなった集団が彼らであろう。その者どもが太陽の道の上に存在することは興味ぶかい。

そこにもう一つの空想を重ねると、あのヒキガエルという蛙のことがある。あの蛙をなぜヒキというのか。カエルは総称だからヒキが問題だが、この蛙には別名のガマガエルがあり、これは蟇《がま》の漢字音だから、ヒキこそが和語にちがいない。しからばヒキは日招きの意ではないか。蛙は太陽の力が復活する春に、冬眠からさめて地上に姿をあらわす。これを逆に考えて、ヒキが姿を見せることによって、太陽は力をとり戻すと考え、それを日招きと称したのではなかったろうか。

ヒキガエルは万葉では谷蟆《たにぐく》として登場する。ところがこの動物を山上憶良は、

……天雲《あまくも》の　向伏《むかぶ》す極《きは》み　谷蟆《たにぐく》の　さ渡る極み……

（巻五―八〇〇）

と歌う。「さ」をつけて呼ぶのも聖動物のゆえであり、また「さ渡る極み」とは太陽

の限り、日の没する所という意味であろう。

日置部は谷蟆を族霊とし、標章《レガリア》としたこともあったか。とにかく空想をつつしむとしても、箸墓の東西軸における位置はおろそかなものではなかったのである。そしてもちろんこれは三輪山と無関係ではない。あくまでも三輪の神々をまつる巫女《みこ》の幽蹟が同じく伊勢に神をまつる女の居住地を決定したということである。

三輪川

さて、三輪山が神奈備山とよばれる神山だとすると、神奈備山には必須の神奈備川が問題となってくる。

しかしその点においても三輪山は、ぬかりがない。山麓を初瀬《はつせ》川が流れているからである。先に述べた瑞籬宮《みずがきのみや》は、あの南北線を南にのばしてゆくと初瀬川に出る。現在はほぼ五百メートルほどであろうか。十分に水辺でありえた宮である。

初瀬川は三輪山の麓を流れるあたりを、とくに三輪川といった。いつものように、山と水とを一体として捉える見方によるものであろう。

三諸《みもろ》の　神の帯《お》ばせる　泊瀬川《はつせがは》　水脈《みを》し絶えずは　われ忘れめや
（巻九―一七七〇）

これはなお初瀬川といって三輪川とはいわないが、神奈備川としてのこの川を歌うものである。

この歌は題詞によると大神大夫《おおみわのまえつきみ》が長門守《ながとのかみ》に任命された時、三輪川のほとりで餞宴を開いた折の一首だという。大神大夫とは大神高市麿のこと、例の持統天皇の伊勢行幸が農事の妨げになると諫言《かんげん》して容れられず、冠をなげうって下野《げや》した硬骨漢である。

その長門守任命は大宝二年（七〇二）正月十七日、四十六歳の時であった。作者を記していないが、右の一首はおそらく彼自身の歌であろう。歌い方は古来の賛歌の型を踏襲したもので、泊瀬川の水脈が絶えないから、忘れることはないということになる。残してゆく人への挨拶《あいさつ》である。

しかし彼がここを本籍とする大神《おおみわ》氏の者であることにおいて、思いは特別なものだったと思われる。わが氏の名に負う川であれば、水脈の永遠はなおのこと信念として存したであろう。その信念が強ければ強いほど、忘れない度合いも強くなるという仕組みである。
高市麿の歌に対して後に残る人の歌が一組みになって「古歌集」にあったらしい。
ついでに掲げておこう。

後《おく》れ居《ゐ》て　われはや恋ひむ　春霞《はるかすみ》　たなびく山を　君が越えいなば　（巻九―一七七一）

そこで、歌のなかにも三輪川としてよまれた一首もある。

夕《ゆふ》さらず　河蝦《かはづ》鳴くなる　三輪川《みわがは》の　清き瀬の音《と》を　聞かくし良しも　（巻十―二二二二）

これも一見して三輪川を神奈備川としてよんだことが知られる。すでにあげたが、

蝦《かはづ》鳴く　甘奈備川《かむなびがは》に　影見えて　今か咲くらむ　山吹《やまぶき》の花　（巻八―一四三五）

は厚見王《あつみのおおきみ》の名歌。これも同じようなかわず鳴く神奈備川である。その上に清らかな瀬音までよみそえていて、末期万葉の流麗な歌風を示すというべきだろう。

このなかにはあの三輪山への畏怖感はすでにないかもしれないが、その伝統が神秘的な清らかさとして伝えられている。

海石榴市

東から流れてきた三輪川が三輪山の麓を離れて、いささかの平地をもち始めるところを、いま金屋という。すでに述べた瑞籬宮もその内であり、欽明天皇の磯城嶋《しきしまの》金刺宮《かなさしのみや》もこのなかに比定される（いまは川の反対側桜井市外山《とび》の水道局の東に宮跡碑をたてている）。それほどに金屋が重要だったことを示すものであろう。

この金屋のなかに海石榴市《つばいち》という場所のあったことが知られる。市は人々が多く集まるところに開かれる物品交易の場のことだから、その地が辺地であってはならない。そのとおりに、金屋は初瀬谷の入口にあたって東方を抑え、西に大坂越え、北に山の辺の道、そして南には山田の道、磐余《いわれ》の道をもつ要衝の地である。

いや、さらに重大な道は初瀬川だった。古代に陸路より水路をたのむことが大きかったのは、そのほうがよほど運びやすかったから、当然だった。車社会のわたしたちとはちがう。

今日からは想像しがたいことだが、推古十六年（六〇八）八月に唐の来使を海石榴市に迎えたとあるのは、水路を経てここに到ったものだった。一行は六月十五日に難波《なにわ》の津に碇泊《ていはく》し、わが国は「飾船《かざりふね》三十艘《みそふな》を以《も》て、客等を江口《えぐち》に迎へ」たという。ここから上陸してまっすぐに豊浦宮《とゆらのみや》を目ざすなら、海石榴市ははなはだ遠まわりであろう。一部陸路を用いたとしても、多くは坐ったまま到着する船を利用するのが賓客《ひんきやく》へのもてなしである。『日本書紀』は三日に「唐の客、京《みやこ》に入る」と記し、「是《こ》の日飾騎《かざりうま》七十五匹を遣して、唐の客を海石榴市の衢《ちまた》に迎ふ」という。飾船と飾馬とをつなげば、国賓はなんら足を使わなかったことになる。

海石榴市には推古天皇の別荘、海石榴市宮もあったことが知られるから、賓客はここにしばらく逗留《とうりゆう》したかもしれない。

この別荘はいわくのあるところで、推古がまだ敏達天皇の皇后だった時、穴穂部《あなほべの》皇子《みこ》から奸《おか》されそうになった。が、宮門を守っていたのはまさに三輪君逆《みわのきみさかう》、彼は頑として宮門を開けることを拒否した。それを恨んだ皇子は逆《さかう》を殺そうとし、逆は三輪山に逃れ、夜半ひそかに山を出て海石榴市に隠れたという。

また『日本書紀』の語るところによると敏達《びたつ》十四年（五八五）三月、善信尼ら仏法を信ずるものたちが法衣を奪われて海石榴市で鞭うたれた。物部《もののべ》の一族が仏法の禁止を天皇に訴え、勅許をえたからである。

これも海石榴市が大勢の人々の集まるところだったからである。処刑が見せしめのためになおこなわれるのは、千古、変わりがない。

仏法のゆえに罰せられたといえば、皮肉なことに後世海石榴市は長谷詣《はせもう》での人々の宿場として繁栄することとなった。『枕草子』のなかでは「つば市。大和《やまと》にあまたある中に、長谷《はせ》に詣《まう》づる人のかならずそこにとまるは、観音《くわんおん》の縁《えん》のあるにや、と心ことなり」（一四段）といわれる。

先にふれた箸墓の地も大市といったというから、ここにもより大きい市が開かれたのであろう。その地は巻向《まきむく》川のほとり、海石榴市から二キロほど北西の地である。

この海石榴市が金屋のなかのどこだったかは、わからない。かろうじてその名をとどめるものが海石榴市観音だから、この小さな観音堂は日本の津々浦々、万葉の愛好家に知れわたることとなった。集落のなかを通る旧道をすこし入ったところで、途中の路傍に「海石榴市観音」という石標もある。この辺りには上市、飯売、栗買などの小字名があるという。市のなごりであろう。

観音堂には二体の石仏がまつられ、元亀二年（一五七一）八月の銘が煙に黒く焦げているという（堀内民一『大和万葉旅行・下』角川新書）。石仏は一体は観音、他の一体は菩薩《ぼさつ》。毎月二十七日の観音講に村の老婆たちが集まって線香や花を供え、小豆《あずき》がゆをこしらえ、御詠歌をとなえて夜をすごす（同）。

さて、市といえば男女の出会いの場であった。有名なのは『万葉集』の柿本人麻呂の軽の妻についてのことであろう。これも軽の市での恋愛にもとづくものである。軽の市には『古事記』允恭《いんぎょう》の条の木梨軽太子《きなしのかるのみこ》以来の伝統がある。軽を名に負う皇子の悲恋も、市の恋を一つの要素として語られたらしい。

また下っては『大和物語』などに平中《へいちゅう》を主人公とした市の色好みが語られる（一〇三段）から、この伝統は不抜のものとして存在したらしい。

海石榴市もその例外ではない。古く武烈紀には当時皇太子だった武烈と平群鮪《へぐりのしび》とが影媛《かげひめ》を争う話があり、これを海石榴市でのこととしている。かねて皇太子は影媛と約束を交していたのに、鮪から犯されたという。この話はいわゆる「后《きさき》がね」（皇后となることの決まっている候補者）を犯すという型で、後々、造媛《みやつこひめ》——中大兄《なかのおおえ》・蘇我日《そがのひ》向《むか》、高子——清和・在原業平《ありはらのなりひら》という話として継承されるものの一つだが、犯された後、影媛は皇太子に「海石榴市の巷《ちまた》に待ち奉らむ」といったといい、「歌場《うたがき》の衆《ひとなか》に立たして」皇太子と鮪との歌のかけ合いがおこなわれる。

歌垣（場）とは、男女が歌を問答して合意に達すれば結婚する当時の習慣で、武烈紀のように一人の女を争って歌を問答する場合は主たるものではない。

歌は男女の間でおこなわれるから、虚々実々のとり引きがあった。そしてまた歓をつくす趣のものもあるだろうし、不安を述べるものもあったであろう。『常陸国風《ひたちのくにふ》土記《どき》』のいうところによると、歌垣の日に歌われた歌はおびただしい数にのぼり、数えきれないほどだったという。

紫は灰さすものそ

『万葉集』には海石榴市の歌が三首のせられている。万葉にのこる歌はどんな場合も傑作をもって扱われ、長く記憶されたものだから、たった三首といっても、なかなか味わいが深い。

海石榴市《つばいち》の　八十《やそ》の衢《ちまた》に　立ち平《なら》し　結びし紐《ひも》を　解《と》かまく惜《を》しも

（巻十二―二九五一）

この歌はおそらく上二句を共通させる歌々が多く作られた、そのなかの一首であろう。万人共通に「海石榴市の八十の衢に」通いつづけるのである。

そこで、この作品が共通の上二句に続けて個別的にいま述べたことは、「結んだ紐をとくことが惜しい」という心情である。市へ通ってくるのは男に関心があるからである。だのに「あの人と結んだ紐をそうそうは解かないわ。もったいなくて」というのは、ひとまず男を拒否する内容である。どんなに男がすてきでも、まずノーといってみる、それが女心である。相手に対してだって、自分はもてているのだというデモンストレーションとなる。

この紐は「下紐」として歌われることもあるが、おそらく腹にまきつけた一本の紐であろう。貞操のあかしとしてお互いに結び合ったから、これをしたまま他に交渉をもつのは神を畏《おそ》れぬ行為であった。

これと同じ貞操帯ともいうべきものがアイヌにある。たんに一本の紐の場合もあり、前部に飾りがあるものもある。これは明治になってから本州の人間に知られるところとなったというから、上代の風がそちらのほうにのみ伝えられていたものであろう。

さて、別の二首は次のものである。

問答の歌

紫《むらさき》は　灰指《はひさ》すものぞ　海石榴市《つばいち》の　八十《やそ》の衢《ちまた》に　遭《あ》へる児《こ》や誰《たれ》　（巻十二―三一〇一）

たらちねの　母が呼ぶ名を　申《まを》さめど　路《みち》行く人を　誰と知りてか

（巻十二―三一〇二）

第一首が男、第二首が女の歌である。第一首の上の句は傑作であって、紫色に染めるためには灰の汁を入れるという、当時誰でもが知っていることをいう。灰汁は発輝材で、これを加えると美しくなる。もちろん入れなくても紫であることが、もっとも面白いところであろうか。

つまり、あなたはあなたでいいが、さて紫のように美しいあなたになるためには、灰汁が必要だというのである。いうまでもなく紫が相手の女、そして私めは灰汁《あく》のような男である。そういって気をひいておいて、さて下句でいう。この海石榴市の八十の衢で会ったあなたは、何という名前か、と。

名をきくことは求婚を意味する。自分を灰汁にたとえるユーモアに相手は油断するだろう。そこにつけこんで結婚してしまおうという魂胆だった。

しかし相手の女も敗けていない。「たらちねの母」とは満ち足りた乳をもつ母のことで、頼りがいのある母である。十分、娘としての甘えももっている。その呼ぶ名は家族のなかでの名、これをいえば男を家族の一員としたことになる。つまり求婚に応じたのである。

しかし相手はいま会ったばかりの道行き人、どこの誰ともわからない人に名前が言えるかと反撥《はんぱつ》した。

いかにも男のかしこさと女の気風《きっぷ》をぶつけあっていて、これこそ市の歌垣という雑踏にふさわしい問答である。

ところが、さらにもう一歩、つっこんで考える必要がある。つまりこの二首は実際に特定の二人におこなわれたものなどではないらしい。長く歌垣に伝えられたものを、皆がよろこんで歌ったものだ。

その時男も女も自分が恋の主人公となる。女は紫の女といわれたことに快感がくすぐられ、気弱ですこしも女に声がかけられない男は、自分を錯覚して、急に元気が出てくる。

海石榴市はそんな、素朴な民衆の歌声にみちた場所であった。

巻向

巻向（纏向とも巻向とも書く）は三輪山の北東一帯をいう地名である。便宜上「三輪」で述べた箸墓も正しくは巻向のなかであり、「巻向の穴師《あなし》」「巻向の檜原《ひばら》」などという表現が万葉に見えるから、その範囲を広く考えるべきであろう。

三諸《みもろ》の　その山並《やまなみ》に　子《こ》らが手を　巻向山《まきむくやま》は　継《つぎ》のよろしも
柿本人麻呂歌集（巻七―一〇九三）

この歌は巻向の様子をよく語っている。西側の平野から見ると、巻向山は三輪山の北に美しく稜線《りようせん》をつらねてそびえている。愛する女の手を枕とするという「巻《まき》」につづけた表現も山への親愛の情をうかがわせ、先に三輪山について「泣く児守《も》る山」という歌をあげた、それと対応するような一首である。

しかし巻向山の主峰は西側からは見えない、三輪山の陰にかくれた弓月《ゆづき》（由槻）が岳（五六七メートル）で、右の歌でいう巻向山は穴師山（四一五メートル）のことにちがいない。この二峰の間には車谷《くるまだに》とよばれる谷があり、これをたどると笠山天神にいたる。
伴信友《ばんのぶとも》が「一山両地」とよんだ（『神名帳考証』）弓月ガ岳は、また泊瀬《はつせ》にかけても親しまれたから、

痛足川《あなしがわ》　川波立ちぬ　巻目《まきもく》の　由槻《ゆつき》が嶽《たけ》に　雲居《くもゐ》立てるらし
柿本人麻呂歌集（巻七―一〇八七）

長谷《はつせ》の　斎槻《ゆつき》が下《した》に　わが隠《かく》せる妻　茜《あかね》さし　照れる月夜《つくよ》に　人見てむかも
〈一《ある》は云はく、人見つらむか〉（巻十一―二三五三）

と、初瀬の弓月とも巻向の弓月とも、両側から称せられることとなった。
さらにもう一つ、「巻向の檜原の山」という表現もある。

鳴神《なるかみ》の　音《おと》のみ聞きし　巻向《まきむく》の　檜原《ひばら》の山を　今日《けふ》見つるかも

柿本人麻呂歌集（巻七―一〇九二）

檜原はいまの茅原《ちはら》あたりだから「三輪の檜原」ともいうほどで、おそらくこのあたりから三輪、巻向両山の山麓をいったものであろう。これを「檜原の山」と称したとしても、山の傾斜地をいったもので、独立の峰があるわけではない。

こうして巻向は巻向山の及ぶあたり一帯を広く指したものと思われる。

そしてこのあたりをよんだ歌に、柿本人麻呂歌集の歌の多いのが特徴である。人麻呂には巻向より北の櫟本《いちのもと》を出身地とする説があり、櫟本出身なら、このあたりと近しかったのであろう。右にあげた人麻呂歌集の歌も、自作と思われるものである。

しかし、それにしても巻向一帯の歌のなかで、作者の名がわかるものはたった一首しかない。

世間《よのなか》の　女《をみな》にしあらば　わが渡る　痛背《あなせ》の川を　渡りかねめや

紀《きの》　郎女《いらつめ》（巻四―六四三）

しかもこの「痛背の川」は「アナシ」をもじったもので、歌枕的に使った地名である。実際に巻向を訪れて作ったものではない。

この点、人麻呂の歌といっても、彼の「褻《け》」（日常）に属するもので、あの、鮮やかな宮廷歌人として見せる彼の姿とは、うらはらなものである。

従来の研究でいうと、人麻呂歌集の三輪・巻向の歌のなかで他人の作とされる歌は、一首（巻七―一〇九四）しかない。もちろん作者未詳である。それほどに巻向が人麻呂と結ばれ、かつそれが褻の歌だったことは、大きな特徴である。

弓月ガ嶽

それでは巻向はどのように歌われているのか。この主峰弓月《ゆつき》ガ嶽《たけ》の歌は人麻呂歌集の四首。うち一首（巻十―二三五三）はすでにあげたが、次の二首は名歌として知られるものである。

痛足川《あなしがわ》　川波立ちぬ　巻目《まきむく》の　由槻《ゆつき》が嶽《たけ》に　雲居《くもゐ》立てるらし　（巻七―一〇八七）

あしひきの　山川《やまがは》の瀬の　響《な》るなへに　弓月が嶽に　雲立ち渡る　（巻七―一〇八八）

「雲を詠《よ》める」と分類された二首。ここでいう穴師川は巻向川と同じ、車谷の谷間を西流する小川で、いまもなお清らかである。車谷の名にそむかず、水車が先年まで廻っていた。その川波が高まるというのは、すでに山頂に雲気をはらむからで、よって、下句に雨雲の気配を歌った。

第二首も同じで、瀬が鳴るとは川波が高まったこと、ほとんど同じ趣をよんだ二首である。

下流のあたりからは見えない弓月ガ嶽は、巻向川をさかのぼって、三輪山の山麓をまいて来た道と合流するあたりをすぎると、山頂をあらわす。これを弓月とよぶ由来には二説がある。斎槻《ゆつき》―神聖な槻（ケヤキのこと）による名とするものと、山麓に弓月の君という渡来の一族がいたからだとするものとである。

弓月の君は応神朝に百済《くだら》から渡来したとされ、秦氏《はたうじ》の祖を称する。斎槻の山といういい方がなじまないのに対して居住者によって地名が生じることは自然で、後述の兵主《ひょうず》神社、穴師《あなし》などとの関係もあり、かつ先にあげた初瀬の月夜の歌（巻十―一八一六）が新羅《しらぎ》の郷歌《ヒャンガ》と似ていることもあって、わたしは弓月の君説を支持したい。

さらに、弓月ガ嶽は「リョウサン」（龍王山の訛《なま》りか）と村人からよばれる水神信仰の山だという。これをくり返し主張してきたのは堀内民一氏（『万葉大和風土記』『大和万葉旅行』『大和万葉』）である。巻向山がすぐに龍王山につづくことをもってしても雨乞いの山である蓋然性は強い。いまもおこなわれる習俗も、堀内氏がつぶさに報告するごとくである。

すると人麻呂歌集の二首も、言霊《ことだま》による雨乞いの歌と知られる。このように歌う—のることで、弓月ガ嶽は雨気をはらみ、瀬音は高鳴る。いかにも人麻呂らしい、気迫にみちた呪歌で、人麻呂のことばによる呪力のはたらきが、こうした村落にもおこなわれたことは、注意すべきであろう。

巻向の山川

弓月ガ嶽を中心とする巻向山はすでにあげた二首（巻七—一〇九二、一〇九三）をふくめて五首によまれる（「巻向の穴師の山」を除く）。これまたすべてが人麻呂歌集の歌である。

また巻向川（「巻向の穴師の川」を除く）は一首。これも人麻呂歌集にある。巻向山の歌のなかで注目されるのは次の二首であろう。

児《こ》らが手を　巻向山《まきむくやま》は　常にあれど　過ぎにし人に　行き纏《ま》かめやも　（巻七―一二六八）

巻向《まきむく》の　山辺《やまへ》とよみて　行く水の　水沫《みなわ》のごとし　世の人われは　（巻七―一二六九）

世上、無常感をもって云々される歌である。第一首は上句の閨房《けいぼう》の描写が下句の死―「過ぎにし人」と対立的で、その落差の大きさに嘆きの中心がある。それを山が「常なれど」と山の恒常さと比較することによって、無常の感を抱く作者が浮かんでこよう。

第二首は、これを具体的な流れに託して歌う。うつせみの世にある自分は、水の泡のようだ、と。この比喩から『方丈記』を思い出すのが例になっている。

よどみに浮ぶうたかたは、かつ消えかつ結びて、久しくとどまりたるためしなし。世の中にある人と栖《すみか》と、またかくのごとし。

着想の類似はおおうべくもない。両者に共通の無常感を認めてよいであろう。しかし、両者はまったくひとしくはない。『方丈記』はどこへ移しても成り立つ文言だのに、『万葉集』のそれは、まさに巻向の山辺でなければならない。具体的な形があるのに、『方丈記』では事がきわめて抽象化され、教理そのものとなっている。この相違を十二世紀の『方丈記』と七世紀の『万葉集』とのちがいとすると、万葉の特質は他ならないこの風土性にある。情景を直視し、そこから訴えられるものが万葉では大事だったのである。

だから、世にかまびすしい人麻呂の無常感も、仏教の浸透からだけ説明するのは正しくないだろう。

ぬばたまの　夜《よる》さり来《く》れば　巻向《まきむく》の　川音《かはおと》高しも　嵐《あらし》かも疾《と》き　（巻七―一一〇一）

あしひきの　山かも高き　巻向《まきむく》の　岸《きし》の小松に　み雪降り来《く》る　（巻十―二三一三）

こう巻向の山と川との歌をあげつづけてみると、「あしひきの山」は高く、だから巻向川はたやすく「川音高」く流れる川であった。巻向川は急傾斜を流れ、山岸（崖）は雪をちらつかせるのに十分な嶮しさをもっている。

こうした地形によって巻向川は「山辺とよみて行く」水をもち、その激流のゆえにたやすく水泡を作り、またそれは消されつづけたであろう。

穴師

巻向川が穴師川ともよばれ、穴師の山が巻向山の一峰をなすことはすでに述べた。これらをよんだ歌も多くあげたが、ただ、この穴師ということばは、疑問が多い。

穴師は金属鉱を採掘する者の意と考えられるが、ほかに機織《はたお》りの者——綾《あや》師の訛《なま》ったものだという説や悪風のことだとする説がある。シが風を意味すると考えるからで、具体的には北西風のこととする。

この風説は捨てがたい面がある。というのは、いま景行天皇の日代宮《ひしろのみや》跡と称するところをさらに登った道のほとりに兵主《ひょうず》神社があり、日本各地でも穴師の地名と兵主神社とは一致して存在する。

ところがこの兵主の神が、中国の風神的性格をもつ兵主神であろうと考えると、穴師も風による名と思われるのである。

しかし中国の兵主神は戦いの神で、必ずしも風の神ではない。

一方、大穴磯部《おおあなしべ》なる部民が古代には存在した。『日本書紀』巻六、垂仁《すいにん》三十九年十月条に五十《いに》瓊敷命《しきのみこと》に十部の品部《かきべ》を賜るとあるが、そのなかの一つが大穴磯部である。

これに対しては『日本紀標注』という注釈書は「式に大和国城上《しきのかみの》郡穴師兵主神社あり」と当の社をあげ、「此地に神戸《かんべ》を置きて神饌《しんせん》の物を作り出さしめ」たから、尊崇して「大」を冠したのだろうという。要するに当面の穴師を穴師部という部民の居住地と考え、彼等を兵主神社の奉祭者として、大穴師と尊敬した、と解釈したのである。

それほどに穴師と兵主とは絶縁しがたいことが確かだが、そのことから穴師を新羅《しらぎ》系の天日矛《あまのひぼこ》の子孫を称する一族と考える説もある。

いささかややこしい考証がつづくが、この新羅との関係をとく説に、早く渡会延《わたらいのぶ》経《つね》の『神名帳考証』がある。それによると、播磨《はりま》の国、餝磨《しかま》郡に「射楯《いたて》兵主神社」

があり、イタテは素戔嗚尊《すさのおのみこと》がつれて新羅の国へ到ったという五十猛《いたける》のことだ、出雲《いずも》国には「韓国伊太氏神社《からくにいたて》」がある、という。

そこで、当の穴師兵主神社の祭神も素戔嗚尊だという。従来、韓国の神はきわめて多く素戔嗚尊と称し改められて祭られてきたから、兵主の神は韓国と定めるのに躊躇《ちゅうちょ》はいらないだろう。

新羅系の人々がここに住み、兵主の神を祭り、祖国伝来の技術をもって金属鉱の採掘に当っていたにちがいない。先の弓月の君といい、この辺りの古代を思わせるものがある。

すると、おもしろい万葉歌にわたしたちは逢着する。作者未詳の巻向歌のなかでたった一首だけ人麻呂歌集の歌でないものがあり、それを組み合わせて「問答」として載せられた次の二首である。

ひさかたの　雨の降る日を　わが門《かど》に　蓑笠《みのかさ》着ずて　来《け》る人や誰《たれ》　（巻十二―三一二五）

纏向《まきむく》の　痛足《あなし》の山に　雲居《ゐ》つつ　雨は降れども　濡《ね》れつつそ来《こ》し　（巻十二―三一二六）

右は二首

第一首はふしぎないでたちをとがめた歌だが、『日本書紀』巻一（神代上、七段ノ第三ノ一書）によると、天上を追放になった素盞嗚尊《すさのおのみこと》は、

時に霖《ながめ》ふる。素盞嗚尊、青草を結束《ゆ》ひて、笠蓑として、宿を衆神《もろかみたち》に乞ふ。

しかし衆神は誰一人、彼に宿を与えない。そこで、

是《ここ》を以て、風雨甚《はなは》だふきふると雖《いへど》も、留《とま》り休むこと得ずして、辛苦《たしな》みつつ降《くだ》りき。

という。そして以後、

世《よ》、笠蓑を著て、他人《ひと》の屋の内に入ることを諱《い》む。

ようになった。

先の万葉歌は、まさにこの素神の神話を実修するものではなかったろうか。素神

を韓神とする意見もあり、たしかに素神と韓神は習合する要素がある。

右の万葉歌は兵主神社を祭る穴師の人々によって歌われ、演ぜられた所作の、その詞章だったにちがいない。

巻向《まきむく》の　痛足《あなし》の川《かは》ゆ　往《ゆ》く水の　絶ゆること無く　またかへり見む　（巻七―一一〇〇）

もしこの賛歌も兵主の神にかけての穴師川賛歌だとすれば、これにつづく上掲（六三頁）の「ぬばたまの　夜さり来れば」の一首は、夜の神の顕現を語った一首となろう。ただならぬ気配は、そんな想像も可能にする。

宮跡二つ

兵主神社から道を下ってくると、道の左側に植込みで囲った一隅があり、景行天皇の纒向日代宮《まきむくのひしろのみや》跡だと記している。昔は随分広かったのだが、道路を広げるにつれてどんどん削られていった。

景行天皇の宮は『日本書紀』巻七、景行四年十一月に、

纒向に都つくる。是を日代宮と謂《まう》す。

とある。景行天皇といえば、書紀ではもっぱら九州または国の平定が語られる御代で、これを信じるかぎり、全日本的に版図《はんと》が拡大した時期を、この天皇の代と考えていたことになる。天皇の実在の可否、年代の適否はともかく、古代日本がいずれかの時期に通過したであろう拡大期を、この宮跡に立って思うのは、まことにふさわしい。

なにしろ日代宮とは太陽の働きをする宮だから、ここに君臨して、さながらに王者であった宮自身が太陽の輝きをおび、それ自身太陽となって照りわたったであろう。

そのさまを歌う一篇が『古事記』(雄略条)にある。

纒向の　日代の宮は　朝日の　日照《で》る宮　夕日の　日がける宮　竹の根の　根垂《ねた》る

宮　木の根の　根蔓《はは》ふ宮　八百土《やほに》よし　い築《きづ》きの宮　真木さく　檜《ひ》の御門《みかど》……

この歌謡を理解するもっともよい方法は、宮跡に立つことである。正面は生駒《いこま》・葛城《かずらき》の山々がつらなり、右にも左にも大和平野は一望のもとにある。わたしは何度も、ここで太陽をあびつつ、右の歌謡を口ずさんだことだ。

日代宮からさらに下ると、垂仁《すいにん》天皇の纏向珠城宮《まきむくのたまきのみや》跡だという標識がある。ただ、これなどは日代宮よりさらにひどく、わたしの知るかぎりでも、何度も場所をかえた。ある時は見当らないままに道路工事の者に聞くと、あごをしゃくって、倒してある標識を教えてくれたこともあった。

もちろん宮跡などそう判るわけはないし、一と処に限定するものでもないが、しかし流転の思いもまた、ひとしおである。

垂仁といえば佐保に力を伸ばして、佐保の王を従えた天皇である。いわゆる三輪王朝の王として、佐保を求めて三輪山麓から北進したことになろう。景行はその次の王として語られるのである。

檜原

珠城宮跡《たまきのみや》からはふたたび南に戻らなければならないが、先に述べた箸墓のある箸《はし》中《なか》、さらには茅原《ちはら》とよばれるあたりを、万葉でいう「巻向の檜原《ひばら》」と考えてよい。ここは「三輪の檜原」ともよばれるほどに、巻向と三輪とにまたがった檜《ひのき》の原だったと思われる。

先に車谷の道に合流する三輪からの道のことをいったが（六〇頁）、この道を南下すると檜原社という小祠に出る。昔はなにもなくて石燈籠が一基中心に立っていただけだったが、近ごろ例の三輪鳥居を正面にしつらえた。この祠の風情を楽しんでいたわたしはいささか驚いたが、それでもこの鳥居は程よい。

この社前に、見上げるように高い標識が建っていて、笠縫邑伝承地《かさぬいのむら》だという。『日本書紀』によると崇神《すじん》天皇六年に、今まで宮中で祭ってきた天照大神《あまてらすおおみかみ》と倭大国魂《やまとのおおくにたま》の二柱の神を宮の外にいつき祭らせたという。その時豊鍬入姫命《とよすきいりひめのみこと》に託《ことづ》けて天照大神を祭らせた土地が、笠縫邑だとされる。

候補地は他にもあがっていて不確定だが、あの水谷氏いうところの太陽の道は、この檜原社も通る。通り到って伊勢の斎宮《いつきのみや》となるのだから、天照大神を祭った可能性は大きいだろう。

檜原の万葉歌は四首を数えるが、これまたすべて人麻呂歌集の歌である。そのうち三輪の檜原というものには挽歌のおもむきがある。

いにしへに　ありけむ人も　わが如《ごと》か　三輪《みわ》の檜原《ひばら》に　插頭《かざし》折りけむ
（巻七―一一一八）

往《ゆ》く川の　過ぎにし人の　手折《たを》らねば　うらぶれ立てり　三輪の檜原は
（巻七―一一一九）

二首一連とおぼしい。第一首は死者に触発されて插頭《かざ》しているのではないか。いうまでもなく、植物を身につけることは、その生命力の付与を願う呪術である。それをするのもいま親しい人の死を体験したからであろう。すると「古にありけむ人」も同様となり、自分と同じく死の悲しみのなかにある人を想像した一首ということになる。

この上句は人麻呂得意のもので、

古《いにしへ》に　ありけむ人も　わがごとか　妹《いも》に恋ひつつ　寝《い》ねかてずけむ　（巻四―四九七）

という同一のものがある。

これに対して第二首は、すでに死者となった人の手折るはずもない檜原の寂寥を歌う。一人の人間が枝を折らなかったからといって、檜原がうらぶれることはないだろう。にもかかわらずこのように歌うところが、まさに人麻呂たる所以《ゆえん》である。もしかして、檜原は青々とおい茂っているかもしれない。凋落感《ちょうらくかん》は自分だけのものだのに、人麻呂によれば檜原はうらぶれているのである。

これに対して巻向の檜原の歌は季節を歌ったものである。春の雑歌に分類されたものは、

巻向《まきむく》の　檜原《ひばら》に立てる　春霞《はるかすみ》　おぼにし思《おも》はば　なづみ来《こ》めやも　（巻十―一八一三）

で、本来相聞《そうもん》の歌だったのではないか。相手のことを通り一ぺんに思ったなら、こんなに苦労してきはしないという歌なのだから。この場合、檜原にかかる春霞は、「おほ」――ぼんやりした恋の心情の比喩に使われた。

しかし雑歌に分類したうえでは「おほ」に思わないものは巻向の檜原となった。この土地への賛美と受け取ったのが、巻十の編集者であろう。

春、檜原社を背に大和国原《くにはら》を見ると、目の前には桃畑が広がり、もうろうと霞みこめて、この歌の実感を味わうことができる。

もう一首は冬の雑歌。

巻向《まきむく》の　檜原《ひばら》もいまだ　雲居《くもゐ》ねば　小松が末《うれ》ゆ　沫雪《あわゆき》流る　（巻十―二三一四）

檜原の空は雪雲におおわれていない。だのに沫《あわ》のような雪が流れてきて小松の梢にちらつく。大量の冷たい雪ではない。水の泡《あわ》のような雪とは、もう春がすぐそこまできている時の雪であろうか。牡丹雪《ぼたんゆき》のような美しい雪を、小松の先に想像するのがよいであろう。

檜原は、人麻呂にとって死者を傷《いた》むばかりではなく、心なごませるものも持っていたようである。

❖第四章

近江から薩摩へ

一　鳥になった王――近江

『古事記』に伝えるところによるとヤマトタケルは近江の安の国造《くにのみやつこ》家の娘と結婚したといい、そこに生まれた子は犬上《いぬかみ》の君《きみ》の祖先となったという。

また、タケルの或る妾《みめ》の子が息長《おきなが》のタヨリワケと称し、その二代の後が息長《おきなが》の真《ま》若中ツ比売《わかなかつひめ》だという。このほかタケルの一子が近江の柴野《しばの》イリキの娘と結婚したとも伝え、タケルは近江とたちがたい関係をもっている。これを逆にいえば、湖畔の多くの氏族がヤマトタケルを祖と称したということである。

ところでヤマトタケルが死後白鳥となって天涯に翔《かけ》り去ったという伝承を、実はタケルとは天上からやって来た白鳥の化身《けしん》だったのだと理解してみると、白鳥を祖霊《それい》とする人々が、近江の湖岸、ことに湖東の地に広く住んでいた風景が見えて来る。湖北、伊香《いかご》の地には現に白鳥が天降《あまくだ》っては地上の人となったという伝承がある。われわれの祖《おや》は天空の彼方からやって来たと語り、祖霊として白鳥をいつきまつる古代人が、この湖岸に住んでいたのである。

それでいてタケルは、湖東の伊吹山《いぶきやま》の神にさえぎられて湖国へ帰ることができなかった。そこからふたたび試みたことは湖南、鈴鹿山をこえて帰郷することだったが、これも故郷の手前で空しく現し身を喪《うしな》うことになった。——ある時、大和朝廷の命をうけて荒蕪《こうぶ》の地へと征戈《せいか》を進めた、祖霊を身におび祖霊に加護された勇者は、ついに湖岸の母国に帰ることができずに、現《うつ》し身《み》を捨てた霊魂の形だけとなって、天涯の妣《はは》の国へと帰っていったという語りを、湖東の人々は語り伝えたのではなかったか。

そんな幻想をもってみると、一方の『万葉集』に伝える和歌一首が、これと響き合ってくる。湖岸に都した一人の王、彼は息長足日広額《おきながたらしひひろぬか》の天皇《すめらみこと》とよばれた王（舒明《じょめい》天皇）の息子で、近江天皇と親しんでよばれたほどこの湖国にゆかりをもつ王であったが、彼—天智天皇が死んだ時、その后は湖上を漕ぐ船に向かって、無神経な荒々しい漕ぎ方をとがめて呟いた。そんなにひどく漕ぐと、「若草の　夫《つま》の　思ふ鳥立つ」（巻二—一五三）と。

王の遺愛の鳥とはいい条、死霊が鳥となると信ぜられた当時、この鳥はさながらに死せる王であっただろう。この近江の王も死して鳥となった。さらに古い古代人たちが湖上の虚空に眸《ひとみ》を凝《こ》らして血の始原を幻視した湖国人《びと》の眼は、ここにも生きつづけていたのである。

二　歴史の翳り——比良

湖西に比良《ひら》とよばれる場所がある。今日、比良《ひら》八荒《はっこう》によって有名なところだが、この場所は『万葉集』に登場する。しかしその登場の仕方は、あまりにもあいまいである。

さざなみの　志賀の大わだ　淀《よど》むとも　昔の人に　またも逢はめやも（巻一—三一）

柿本人麻呂が近江の荒都を悲しんで作った長歌に、そえられた反歌の一つである。ところがこれには異伝が書きそえられてあって、それによると、

ささなみの　比良の大わだ　淀むとも　昔の人に　逢はむと思へや

という一首の存在したことが知られる。つまり、この近江の大津宮に匹敵するような過去が比良にもあって、大津宮に対して抱いたのと同じような感懐を、人麻呂は比良に対しても抱いたのである。

比良宮がどれほどの規模をもったものか、私は寡聞にして調査報告を知らないが、少くとも世上で比良宮が云々されることは、それほど多くはない。比良は日蔭の宮だといえそうだが、実は、それと見合うような形で比良は万葉に登場する。例の額田王《ぬかたのおおきみ》の、

秋の野の　み草刈り葺《ふ》き　宿《やど》れりし　宇治の京《みやこ》の　仮廬《かりほ》し思ほゆ（巻一―七）

を、山上憶良は「戊申《ぼしん》の年」の比良行幸の折の歌だという。ところが上の歌は皇極天皇の代にのせられているのに、皇極帝には比良行幸の記事がないのである。

戊申というのが正しいなら、これは孝徳帝の行幸（六四八）となる。そしてまた、『万葉集』は斉明五年（六五九）三月の比良行幸を『日本書紀』から引用している。

しかしこれは斉明朝のことであって、皇極朝ではない。

何ともあいまいな話ではないか。今日比良が宮趾をすっかり隠してしまっているように、『万葉集』からも比良は正体を隠してしまっているのである。おそらく額田王はいつの年か、比良行幸に従ってここへ赴いたにちがいない。しかしそれはなぜか正史から抹消された。また、後年、柿本人麻呂も比良へ出かけた。そしてそこで額田ら一行を連想して、故人に逢いがたい嘆きを歌ったにちがいない。しかしそれはなぜか『万葉集』の正伝からは脱落していった。

比良には、こうして記録の表面から消えていかなければならない何物かが、あったのではないか。その正体は、残念ながらまだ明らかにすることができない。しかし、これを私は天智・額田をめぐるゆかりと考えてみる。この関係を天武勅撰《ちよくせん》の書紀は好まなかったのではないか。一方万葉は天智への哀悼をちらちらと見せる。それでいて明らさまではないのである。

このことと関係があろうか。人麻呂同様近江荒都を悲しんだ高市黒人《たけちのくろひと》が、

わが船は　比良《ひら》の湊《みなと》に　漕ぎ泊《は》てむ　沖へな離《さか》り　さ夜更《よふ》けにけり（巻三―二七四）

と比良泊りにこだわったのは。

湖西を歩くとは、こうした歴史の翳《かげ》りにふれてゆく旅のことである。

三　古代の宮都――飛鳥・近江

飛鳥《あすか》は大和平野の南の端、山ぞいの片隅といってもいいような小地域である。『万葉集』の歌から想像していたものとは、驚くほどに違うのではあるまいか。しかし、この小さい地域にあんなにたくさんの万葉歌がよまれたとなると、その密度はきわめて高い。そして濃密な万葉歌をうんだほどに、飛鳥の文化水準は高かったと考えなければならない。

そのとおりに、飛鳥には古代の宮都が栄え寺々がならび、大変な過密ぶりだった。いくどか増改築をくり返したであろう飛鳥の宮は、飛鳥寺と境を接し、川をへだてて川原寺と向かい合い、その川原寺は道一つへだてて橘《たちばな》寺と華麗さをきそっていた。また岡寺を間において川の上流には島の宮の離宮があったし、甘樫岡《あまかしのおか》の向う側には豊浦宮《とゆらのみや》、田中宮、甘樫岡の上には大化（六四五）以前には蘇我《そが》氏の邸宅がそびえていたという。これらは飛鳥川に沿った、一大ページェントといってよいだろう。しかもこれらは渡来人の技術によって営まれた建物群だから壮麗なものであった。『万葉集』の歌々が、こうした文化を背景として誕生していることは、見のがせない。

しかし古代人たちは、惜しげもなくここを捨てて藤原の宮へ、奈良の都へと政治の中心を移してゆく。その時に飛鳥は壮大な廃墟と化した。人々の愛惜がつねに故郷としての飛鳥にそそがれたことも、当然であろう。

一方近江は一時都がおかれたところであり、中心の都がありつづけた飛鳥とはまた、別の様子を示している。しかしここに都があった時期は古代においてわが国がもっとも緊張をしいられた時期であり、大陸との国際関係を反映した都だったから、万葉の和歌もそれなりに「から（唐・韓）ぶり」をもっている。額田王の歌や天智天皇がなくなった時の歌などがそれである。

しかしこの大津宮も壬申《じんしん》の乱の後に廃墟となると歴史の中の土地となり、柿本人麻呂が旧都を悲しんだ歌によまれたように、過去の静けさの中に生きる場所となった。

しかしこの静けさは、近江が本来もっていたたたずまいでもあった。すなわち、近江の万葉歌は都のあった時期の宮廷歌を除くと、古くから土地に行なわれていた民衆の歌々と、北国へと湖岸を抜けてゆく旅人によって歌われた歌々とである。

当時は今日の想像以上に越路《こしじ》との交通が盛んで、日本海の水産物が都へ運ばれたらしい。塩津《しおつ》などの地名によると、これは塩の道でもあった。また恵美押勝《えみのおしかつ》ら敗戦の将は近江路を越《こし》へと目ざし、ここで落命している。越路が戦略上に重要であるがゆえにもった、湖国近江の悲しい歴史であった。

いや、敗走者ならずとも、中臣宅守《なかとみのやかもり》のような越への配流者ならずとも、北国への旅立ちは寂寞《せきばく》にみちている。こうした事情によるのであろう、近江の旅は妙な静けさに包まれているのである。

四　渡来の文化――近江・大和

六六三年、天智称制二年に日本と百済《くだら》の連合軍が白村江《はくすきのえ》で唐《とう》・新羅《しらぎ》の兵の前に大敗、百済が滅亡したことは、万葉にとってまことに大きな出来事であった。その結果大量の渡来人が、文化や教養をもたらしたからである。天智朝に初めて学校ができたという（『懐風藻《かいふうそう》』）のもその一つだし、万葉歌人を二世とする答本春初《とうほんしゅんそ》も渡来人の一人、山上憶良《やまのうえのおくら》も父は憶仁、憶仁の渡来もこの時と思われる。

この天智朝の中心が近江で、額田王《ぬかたのおおきみ》は近江万葉の代表歌人である。王の、大海人《おおあまの》皇子《おうじ》（のちの天武天皇）との蒲生野《がもうの》の贈答は名高い。蒲生野はこれをしのぶにふさわしい原野を今に残している。

ところで、天智また大海人皇子の父、舒明《じょめい》天皇は息長足日広額天皇《おきながたらしひひろぬかのすめらみこと》といった。息長氏とは、湖東にあって古くから天皇家と姻戚関係を結んできた一族である。こうした息長氏ゆかりの父をもつ天智天武朝に、舒明天皇時代からの歌々が伝えられ、記載されないはずはない。たとえば鳥籠《とこ》の山の歌（巻十一―二七一〇、一六〇頁参照）などは、その一つであり、文明的な額田王の示す歌々が、新しい天智朝の歌なら、こちらは、より以前のほほえましい古格をとどめた伝誦歌である。近江万葉はこの新古両面から眺めなければならない。

さて、天智朝から六十年を経過して、われわれは天平時代を迎える。平城の都の造営が四十七年後、聖武天皇の即位が六十一年後、天平元年は六十六年後となる。

ここに、はからずも浮かび上ってくる六十年という期間は、多くの歴史が教えるように一つの区切りをなし、成熟と展開がこの中にふくまれる。

白村江から天平へという六十年もまた、例外ではない。古代日本は驚くべき発達をとげて大規模な都を築き、さまざまに文学の花を開かせた。その中で渡来二世が活躍するのも、必然性がある。麻田陽春《あさだのやす》は春初の子である。いや直接の二世ならずとも多くの万葉歌人たちは、時代の風潮の中で、中国ふうな文学を作り出した。山部赤人《やまべのあかひと》、大伴旅人《おおとものたびと》、山上憶良が、それぞれに奥行きのある、それぞれに独自性をもった和歌を書く。

文学は時の宰相の意向によって盛んになる。この時代にその役をつとめたのが長《なが》屋《や》王《のおおきみ》（天武天皇の孫）であった。彼は漢詩・漢文に長じた人々を邸宅に招き、一大詩宴をたびたび催した。新羅からの使者が来ると、これまた自宅に歓迎の宴を開くとも一再ではなかった。

長屋王は新しい時代にふさわしい、中国ふうな政治を行なおうとし、そのために漢詩文に力を入れる結果となったが、もちろんそれだけではない。伝統的な和歌にも深くかかわり、大伴旅人や山上憶良とも交渉をもったようである。

われわれはこうした天平文化の舞台として平城京跡をもち、佐紀・佐保の地を知っている。佐保は長屋王が詩宴を催した地であり、旅人の邸宅があった所である。これらの地から万葉の昔をしのぶことは、興の尽きないものがあろう。

五　死と再生——吉野・二上山

大和を「やまと」(山処)とよぶのは、いうまでもなくこの国が山国だからである。秀麗な山々にまわりをかこまれた国土、これこそが「畳《たた》づく　青垣《あをかき》　山ごもれる」、ま秀《ほ》ろばの大和であった。北には奈良山、東には春日《かすが》・高円山《たかまどやま》から三輪山《みわやま》につづく山々、そして南には吉野連山、西には金剛《こんごう》・葛城《かずらき》の山々がそびえ、その祝福の中に大和は栄えた。

そして、この四方の中でもとり分けてわれわれの心をひくのが、南方にひろがる吉野であり、とり分けて目を奪うのが葛城連峰北端の二上山《ふたかみやま》であろう。実は、この二山には共通する性格がある。いずれも山の彼方に豊かな世界がひろがっている、ということだ。

飛鳥から山をこえて吉野に入ったことのある人は、こんな大河を、あの多武峰《たぶのみね》や細川山——吉野前面の山々が隠していたのかと驚いたのではなかったろうか。その思いは万葉びとにとっても同じだったらしく、この山中の川に万葉びとは憧れつづけてきた。古くは持統《じとう》天皇の一行、後には聖武《しょうむ》天皇の一行がしばしば吉野を訪れたのも、山の秘めた水への神聖視、清浄観によるものだったと思われる。しかも、この観念は十分に古かったから、歴史を湛えた、壮厳なものですらあった。

神話によると吉野には尾のある人が泉をかがやかせていたり、岩石を押し分けて出て来たりしたという。異形《いぎょう》の者が棲《す》む、ふしぎの異界が吉野であった。この異界は生命の根源の世界でもあったろうか。そう考えなければ古人大兄《ふるひとのおおえ》とか大海人皇子とかいった逃亡者《エギザイル》が、きまってここへ入りこむ意味がとけない。政治上の失脚者は、ここでの死と再生との通過儀礼をへて、ふたたびうつし世に出ることを願ったのではなかったか。

死と再生といえば、もう一つの二上山が連想される。いうまでもなく大津皇子という悲劇の皇子が山頂に葬られているからだが、死んだ大津は、聖山の山上に鎮まることによって、命を聖山にかえて蘇生することとなった。その心意をみごとによんだのが、姉、大来皇女《おおくのひめみこ》の、

うつそみの　人にあるわれや　明日《あす》よりは　二上山《ふたかみやま》を　弟世《いろせ》とわが見む（巻二—一六五）

であろう。

しかし、大和がわから見て二上の秘める世界は、大津の悲話ばかりではない。山ごしの彼方に、万葉時代よりもう一つ古い過去がただよっている。広くは河内の古代、狭くは近つ飛鳥の地、さらには推古・孝徳らの諸陵がある磯長《しなが》の、いわば「王家の谷」がそれである。多分に伝説的であるにせよ、私には蘇我倉山田石川麻呂《そがのくらやまだいしかわまろ》の墳と伝えるものが印象的である。歴史的にはまず近つ飛鳥があり、次に大和の遠つ

飛鳥があるのだから、順序は逆だが、今日大和に立って二上を見はるかすわれわれにとって、この山容を透かして想像される山ごしの世界を、忘れていることはできない。

人間にとって山に接するという行為は、山の彼方を夢みるということであろうか。カール・ブッセをもち出すのは、いささか陳腐なのだが。

六　人麻呂の感懐——宇治・飛鳥

柿本人麻呂の有名な歌に次の一首がある。

もののふの　八十氏河《やそうぢがは》の　網代木《あじろぎ》に　いさよふ波の　行く方《へ》知らずも（巻三―二六四）

題に、近江の国から上京してきた時、宇治川のほとりで作った歌だとあるが、私はこの一首を、まことによく宇治を象徴するものだと考える。

いま人麻呂は大和へ帰ろうとしている。その途中、宇治川のほとりに到った時に、この感懐をもよおした。この感懐とは、近江の都滅亡の追懐《ついかい》である。つまり大和の現在の都と近江の過去の都との間に立って、現実に壮麗を誇る藤原京と今や満目に荒廃をたたえた近江の宮とを比べているのであって、宇治は、よく両者の間《かん》たりえたのだった。近江にいれば荒都しか考えられない。大和にあれば繁栄にしか心が及ばない。そのそれぞれに距離をおいて、両者を考えさせる土地が、宇治だったのである。

人麻呂はここまで帰って来て、都の造営とは何だったかを考えたことだろう。いま、すべては空しくなっているではないか。彼は、空しくさせた戦乱なるものを思いやっていたであろう。『懐風藻《かいふうそう》』によれば「悉く《ことごと》熸燼《わいじん》に従ふ」とある。近江の都が兵火に滅びなかったとしたら、これは文飾だが、壮麗な建物群は、春草の茂るにまかせていたのだから。

この省察から導かれたであろう心の翳《かげ》りは、人麻呂が日常とする藤原宮が、一見あずかり知らないようでありながら、実はコインの両面のように抱きかかえている一面だった。そしてこの翳りは、当然「もののふ」（宮廷奉仕の者）としての自らの未来への不安となっただろう。いまの繁栄はたまゆらにすぎないかもしれない。人麻呂をしてわが身を波にたとえさせ、行く末の測りがたさを嘆かせたのも、今都にいなかったからである。

盲目の繁栄に反省をもたらすといえば、宇治を都のアンチテーゼとして舞台設定した『源氏物語』を思い出す。皇位の争いにやぶれた「世にかずまへられぬ故宮《ふるみや》」、八宮《はちのみや》をここにおいて、ひたすらな道心を彼に与えたのは、人麻呂における宇治の心の、みごとな精神的継承であろう。

いや、むしろ万葉に先立って、ここにいた宇治稚郎子《うじのわきいらつこ》を思い出すべきかもしれない。彼もまた、皇位継承の争いに破れて、おそらく自害したであろう皇子であった。墓の真偽はともかく、ここに今も眠る皇子はそのまま源氏の八宮のモデルであるにちがいない。

こうした都の圏外に去った人間たちのいるべき宇治で、人麻呂は都の繁栄とは何かをしみじみと考えたことを、重視しなければならないだろう。稚郎子と宇治の八宮との間に割って入るように、万葉の一首に託された瞑想と省察と反省が存在することは、風土というものの特質をよく語っているではないか。

七　家持の執心——越中

越中はいうまでもなく越《こし》の国の一部である。古く越の国は、ほとんど大和朝廷と対立的でさえあるような、遠隔の王国だった。いや、古くといってもそう遠いことではない。『古事記』におさめられた歌謡のころ、志貴皇子《しきのみこ》をうんだ母親を越《こし》の君の道の娘《いらつめ》とよぶほどの時代である。なるほど愛発《あらち》の関《せき》の向う側は、日本海を交通路とする、雪深い異境であった。

越中の万葉もまた、こうした風土から生まれた。ここは「天ざかる　鄙《ひな》」であり「立山《たちやま》に　降り置ける雪を　常夏《とこなつ》に　見」（巻十七—四〇〇一）る世界であり、秋ともなると「雁《かり》がねは　使《つかひ》に来《こ》むと　騒《さわ》くらむ」（巻十七—三九五三）と、北方はるかシベリアの川辺をも連想させるような、北方圏の世界であった。奈良の都から北陸へのびた道は、もう越中より先にはいかない。婦負《ねい》（当時メヒ）の野をおおう雪の歌（巻十七—四〇一六）が都人によってよまれた、北陸路最後の歌であり、いまの越後、弥彦《やひこ》の歌（巻十六—三八八三）が万葉の収録した極北の歌である。

これら越中吟のうちで、抜群に多くの歌を残したのが大伴家持《おおとものやかもち》である。だから彼の歌の傾向が、なかば越中万葉の色彩を決定した。

その色彩の第一は、家持が雪に執心したことであろう。なかんずく雪上に照る月光と梅の花とのとり合せをよんだもの（巻十八―四一三四）は後々の日本美、雪月花を決定したものとして注目される。また立山の雪は彼を驚倒せしめ、畏敬《いけい》せしめ、家持の清浄なる自然への憬れを培《つちか》ったものといってよいであろう。彼は時として熱心に仏の浄土《じょうど》を夢みたが、それを現実として実感せしめたものが、雪の立山の自然だったと思われる。本来、大和の文学は暖色の文学である。その中に北方的な要素をもちこみ、大和の文学の幅をひろげたものが、家持の越中赴任だったといえよう。

色彩の第二は家持がしきりに海をよんだことである。海を知らなかった大和育ちの家持に海がめずらしかったのはもちろん、波荒い日本海をみて五年間をすごしたことは、なおのこと十分に衝撃的なことであった。あゆの風（東風）という方言まで用いて（巻十七―四〇一七）、家持は海上の景、漁の景をよむ。しかも旅人として途上の景をよむのではない。自分たちが舟をこいで、その一部となるような、日常的な海上の景をよむことによって、山国の文学であった大和の歌に、別の一面をそえたのである。

また第三として家持は二上山を中心とするホトトギスの歌を多くよんだ。天平時代の歌人は夏の景物といえばまずホトトギスをよんだからごく平凡なことのようにも思われるが、実はホトトギスは死後の世界にかよう鳥であった。どうも家持は楽しい風物としてホトトギスをよんだのではないらしい。冥界《めいかい》に往還し、亡者を思い出させる鳥としてこれをよんだと想像されるのだが、これは越が山ごしの世界と考えられていたことと、無関係ではあるまい。うら返しにすれば望郷の念となる、その異界への深い沈潜も、越中の歌をいろどる大事な一面であった。

八　二つの航行歌——西瀬戸

斉明《さいめい》七年（六六一）の斉明天皇一行が西征した時の一首、有名な熟田津《にきたつ》の額田王《ぬかたのおおきみ》の歌（巻一—八）と、天平八年（七三六）の遣新羅《しらぎ》使人一行の歌々（巻十五—三六一七以下など）とでは、時代も歌の内容も大層違っている。場所も、前者は四国での歌だし、後者は中国がわの歌である。

しかし両者はまったく別のものではない。ともに新羅を相手とする船旅にかかわるもので、大きな国難をかかえた国家的な規模による旅であった。そこに、古代日本が新羅に対してもった、長く深い因縁を強く考えておくべきであろう。先には新羅と戦うべき征旅《せいりょ》であり、後には友好を求めるべき派遣であった。しかも友好が求めがたく、悲惨な結果に終ったらしいことは、よく人の知るところである。

そこで両者の旅は、好一対をなしつつ、事柄の両面を見せてくれる。まず斉明朝の旅は、やはり那《な》の大津《おおつ》を目ざし、さらに韓半島を望むものであった。その上でいささか航路を迂回した感じで、伊予の熟田津に寄港したと理解される。それなりの必要があったからである。

必要とは、これだけの船団が一挙に大津まで航行するのが不可能だったのではないか。途中の大港である熟田津に一旦寄り、兵站《へいたん》をととのえ、かつ出湯《いでゆ》に老女帝の休養をとること、またここの伊佐爾波《いさにわ》の神に祈ることなどが要求された。幸いここは聖徳太子以来ゆかりの地であり、行宮も営まれていたし、何よりも女帝には曾遊《そうゆう》の土地であった。持統《じとう》における吉野のように、斉明には舒明《じょめい》との思い出もあった。

額田王の歌は、こうした朝廷の最高層の意志のただ中にあって、よまれた。それなりの格調の高さは、必然のものであった。

一方、これと対照的なのが天平の使人の旅だ。寄り道して英気を養うゆとりもない。いかにも頼りなく、海岸にへばりつくように、しかも難渋しながらおそるおそる進んでいく旅程。節刀《せっとう》を賜わった大使とはいっても下級官僚を主体とする少人数の一行である。佐婆《さば》の海での漂流が暗示するように、少しでも沖に出れば翻弄《ほんろう》に委ねるしかない弱小船の旅であった。

国家として戦をいどむという戦闘集団でもない。放還されるだろうことを十中八九の予測としてもつ、決死の使者たちである。

歌はこれらを十二分に反映して絶望と悲観と嫌悪にみち、絶え間ない望郷の情にさいなまれている。ほんの少しでもよりすがるものがあれば、それを頼りとして無事を祈る。

ただこの厭世気分を、天平使人だけのものと見てはいけない。斉明朝の征戦の折にだって、下級官人の中には厭戦気分があったはずである。逆に、天平使人の中でも、大使の心境には複雑なものがあったにちがいない。

それが、国家事業にたずさわる人々の常態である。指導者の蔭にある民衆の心と、民衆の上にある責任者の情とは、常に表裏して存在したはずである。万葉の歌は何よりも人間の心を歌う。二種の航行歌は、そんな補完的な心情をわれわれに教えてくれるようである。

九　人麻呂の妻恋い——石見

『万葉集』は謎がいっぱいある歌集だが、人麻呂ほど謎が多い歌人はいない。いつ、どこで生まれ、どのように生涯をすごして、いつどこで死んだか——。一切が不明である。

だからもう、人麻呂の生涯を復元するのはあきらめようではないか。人麻呂は石見《いわみ》へ行ったというから、行ったのだ。石見で死んだと書いてあるから石見で客死をとげたのである。

そうすると、人麻呂にとって石見とは何であったのだろう。ここで人麻呂は妻と別れて上京したという。たしかに、別離の悲しみと重ね合わせられて、荒涼とした風景の展開するのが石見である。そもそも、イワミとは岩石にみちた海岸線の曲折を意味することばだから、土地柄としても別離の心とよく通じ合う所であった。

この荒涼さは、人麻呂が妻と別れたばかりか、程なく死んだと語られることにおいて極まる。死までも呼び寄せてやまない荒涼さなのだ。

人麻呂はこの死に臨んだ時も妻を想いやり、かりそめの別れが永遠の別れとなってしまったこと、それとも知らずに妻が待っているだろうことを嘆く。その時にも自分の死を「岩根《いわね》し枕《ま》ける」死だと歌う。行路の死の一般的な表現だとしても、ここではやはり石見の風景を忘れることはできない。

しかし人麻呂が偉大な歌人であるゆえんは、この物理的な風景を心理的に超えようとするところにある。すなわち人々の目にはたしかに石見が荒涼とした土地と映るとしても、そこに妻がいるという、たったその一つにおいて、石見は愛のかたみとしての輝きを帯びるのである。

現実を超えるところに詩の力があり、詩人の偉大さがあろう。人麻呂はこうした愛の情念の中に石見を歌い、心を述べる。

その表現はすばらしい。藻の比喩、風や浪の描写、そして深山の叙景。この表現のすばらしさは、根源に神話を秘めている。それほどに根の深いことばだといってよいのであろう。

人麻呂における神話的表現は、一般的な傾向でもある。しかし、なかんずく石見のことばの根が深いとなると、この地域がもつ思惟《しい》の古層、出雲神話などを形成している言語の古層から導き出されたことばであったのではないかと思いたくなる。たとえば国引きの神話のことばのような。

高角山《たかつのやま》を越えながら人麻呂が聞きとめていた小竹の葉のざわめきは、太古、天つ神がやってきて国土を秩序化する、その以前の原始のざわめきだったにちがいない。だから人麻呂も原始に立ち帰って、妻の魂とじかに結ばれたいと願い、またそれができると信じたのである。

十　遠の朝廷——筑紫路

古来、筑紫《つくし》の修飾辞を「しらぬひ」といいならわしてきた。ややこしくいえば日か火か、仮名遣い上に問題があるとしても、やはり、「しらぬひ」は「不知火」だと考えたい。何しろ学問を知るまで、年少の私は頭から「不知火」だと信じてきたのだから。そのことがまだ筑紫に旅したことのなかったころの私に、限りないロマンをかき立てていた。「つくし」とは「尽し」か。道の果て、限りを尽した彼方の国には、人の火とも神の火とも知れない、ふしぎの火が燃えるのだという古代人の幻想に、私は長いこと憧れを持ちつづけてきた。

たしかに、筑紫は大和の人間にとって遠い彼方にあった。帰京後の大伴旅人《おおとものたびと》が、筑紫で親交のあった沙弥満誓《さみのまんせい》に対して、

ここにありて　筑紫《つくし》や何処《いづち》　白雲《しらくも》の　たなびく山の　方にしあるらし（巻四―五七四）

と歌ったほどである。大宰府《だざいふ》に赴任した大和朝廷の官人たちが、ひとしく望郷の念を抱き、一日も早い帰京を願ったことも、もっともなことであろう。

しかし、彼らが一途に帰京を願い、筑紫を嫌がったかというと、そうではない。

彼らは、

やすみしし　わご大君《おほきみ》の　敷《し》きませる　国の中《うち》には　京師《みやこ》し思《おも》はゆ
大伴四綱《よつな》（巻三―三二九）

という一方、

やすみしし　わご大君《おほきみ》の　食国《をすくに》は　倭《やまと》も此処《ここ》も　同《おや》じとぞ思ふ

大伴旅人（巻六―九五六）

と歌う。そもそも、こうやって大和か筑紫かと話題になること自体、筑紫の水準の高さを物語っているだろうし、積極的に同じだといった旅人の深層に、年久しい過去の歴史がひびいているというべきだろう。すなわち、筑紫は『倭人伝《わじんでん》』以来の歴史をもち、現に大和朝廷の玄関口として、むしろ大和より先に文化を摂取する立場にあった。いみじくも「遠の朝廷」というように、ここは大和に対峙《たいじ》すべき朝廷であった。神亀《じんき》・天平《てんぴょう》のころ（七三〇年前後）をピークとして万葉に残されている歌は、この、対峙する朝廷における和歌としての性格をもっている。

だから積極的に、筑紫の風土に入りこんだ歌も作り、好んで土地の民謡も採集した。山上憶良《やまのうえのおくら》が志賀《しか》の白水郎《あま》の歌十首（巻十六―三八六〇～三八六九）を作るのはその典型であろう。この中には風土的な民謡が入りこんでいる反面、官命で死んだ一人の男をいたむ、官人としての詠嘆も加えられている。

いや、対峙どころか、表玄関たる特色のままに、都よりより高い水準の歌が生まれたということさえできる。たとえば大伴旅人が梅花の宴を開いた（巻五―八一五以下）のも、大宰府にいたからこそであろう。

旅人の和歌はことごとく斬新で、試作にみちたものだが、もし彼が生涯大和を離れなかったら、こんな歌はできなかったのではないか。彼が資質として持っていた漢詩的教養が、大宰府という場所を得て大輪の花を咲かせたというべきだろう。酒をほめる歌（巻三―三三八～三五〇）なども、その好例である。

十一　長田王の旅愁――薩摩

『万葉集』の歌の、もっとも南でよまれたものは、長田王《おさだのおおきみ》が隼人《はやひと》の瀬戸《せと》を歌った一首である。

隼人《はやひと》の　薩摩《さつま》の迫門《せと》を　雲居《くもゐ》なす　遠くもわれは　今日《けふ》見つるかも（巻三―二四八）

この歌に漂っている茫漠《ぼうばく》とした空虚感は、また何としたことであろう。遠く望みながら、瀬戸は、海だか雲だかはっきりしないという。

しかも「見たことだ」と、体験をしみじみとかみしめているあたり、胸にこみ上げてくる旅愁がいかに大きかったかを、語ってあまりあるものがある。

この旅愁は、当時の旅の困難さを考えると当然とも思えるが、さらにその上に、長田王なる人物のふしぎさが加わる。

王は伊勢の斎宮《いつきのみや》に派遣されるが（巻一―八一～八三）、その時よんだ一首は、

山の辺《へ》の　御井《みゐ》を見がてり　神風の　伊勢少女《をとめ》ども　相見つるかも

という。山の辺の御井は斎宮にあるのではない。御井を見ることを主とし、その上に伊勢少女に会ったという、ふしぎな一首である。伊勢少女を見たということを、斎宮の侵犯《しんぱん》とよむこともできる。その場合には、結果としての九州派遣と考えるこ

ともできる。体《てい》のよい配流である。

その上、つづく二首は旅路の落魄《らくはく》を歌ったもので、四月という時期にも合わず、場所も適切でない。

うらさぶる　情《こころ》さまねし　ひさかたの　天《あめ》のしぐれの　流らふ見れば

海《わた》の底　奥《おき》つ白波　立田山　何時《いつ》か越えなむ　妹《いも》があたり見む

古歌を口ずさんだか、それこそ九州派遣の折の歌か、である。もし後者なら、いかにも心細そうな口ぶりも理解できるし、上にあげた九州の歌と脈絡がつき、歌の空虚感もよく理解できる。

もっとも、空虚感をこのようにしか理解できないのではない。何しろ薩摩は太宰《だざい》府《ふ》をすら越えた彼方である上に、当時の南辺は、必ずしも平穏ではなかった。朝廷は隼人の反乱に手を焼いていたし、養老年間（七一七〜七二四）には大伴旅人が征隼人持節《じせつ》大将軍として派遣されるほどであった。

長田王の九州派遣も、慶雲から養老年間に考えるのが、官位の閲歴上もっとも穏やかで、あるいは旅人の派遣に同行するものだったかもしれないのである。日本の南辺はまだまだ朝廷に十分に帰属しておらず、その意味からも半ば異境であったが、一方、日向にそびえる高千穂の峰は、天なる神の子孫が降臨した山であり、まさに神話に属する異境でもあった。

また薩摩の笠紗《かささ》の岬はこの天孫が土地の娘との聖婚をとげるところである。さらに、高千穂の峰からは、ここを通って韓国《からくに》に達する、聖なる方位軸の線上に位置する場所である。薩摩は、海の無限の彼方へも通じる土地であった。

そうした南辺にたどりついた王の気持は、大和とはことなる周辺の風物・自然を目のあたりにして、ますます旅愁を深めたことであろう。

後年、王は風流をもって称せられたという（『家伝』）。一つの忘我が得させた心境だったろうか。

第二部

万葉の旅

◉陸奥

宮城県遠田郡涌谷町涌谷字黄金迫

天皇《すめろき》の　御代栄《さか》えむと　東《あづま》なる　陸奥《みちのく》山に　黄金《くがね》花咲く

大伴家持《おほとものやかもち》（巻十八—四〇九七）

（天皇の御代が繁栄するだろうとて、東国の陸奥の山に黄金の花が咲くことよ。）

聖武《しょうむ》天皇後半生の夢は、東大寺の大仏をつくるという、途方もない計画だった。しかも全身を金色燦然《こんじきさんぜん》たる輝きに塗りこめて。

その金《きん》が不足したとしても当然のことだ。何しろあれほどの大きさなのだから。だから金が出たという報告は、どれほど聖武を喜ばしたか想像にかたくない。時に天平二十一年（七四九）二月、陸奥《むつ》の国守《くにのかみ》百済《くだらの》王《こにきし》敬《きょう》福《ふく》が報告者である。このときの採鉱法は韓国式だったことが知られるから、この渡来系の国守の、斬新な技術が黄金のありかを探り当てたというべきだろう。

場所は宮城県涌谷《わくや》町で、いま黄金迫《こがねばさま》と呼ばれるところである。採掘したところに黄金山神社とよばれる社があり、式内社に列せられているところをみると、早々と聖地と化して尊崇されたらしい。

「史跡天平産金遺跡」という標識や万葉歌碑をもし見落とせば、何の変哲もない田舎の神社である。

おそらく『万葉集』のゆかりがなければ遠方の人の参詣はなかったであろうが、万葉のゆえをもって、訪れる学者は多い。私も以前参詣したことがあった。そのとき、折しも藤の花が満開で、紫の花がみごとに垂れていたことを忘れがたい。

黄金が出、聖武天皇が大伴氏の先祖代々の功績をほめて詔書を出した。歌はそのことを喜んでつくった一首である。

長大な長歌にそえられた一首。家持は出金を聖武朝廷繁栄のシンボルとして、事を祝賀した。

当時退勢にあった大伴家は、聖武天皇に頼みの綱をつないでいた。それなりに大仏完成へのメドがつき、聖武が驚喜していることを、家持はこのうえなく喜んだのである。一族の復興をかけた喜びの一首だった。

【交通】黄金山神社＝ＪＲ石巻線涌谷駅から宮交大崎バス小里循環で15分、黄金山宮入口下車。

◉曝井

茨城県水戸市愛宕町

三栗《みつくり》の　那賀《なか》に向へる　曝井《さらしゐ》の　絶えず通《かよ》はむ　そこに妻もが

高橋虫麻呂の歌集（巻九―一七四五）

（三栗の中、那賀に向かって流れ出る曝井のように、絶えず通って来よう。そこにいとしい女もいてほしい。）

曝井《さらしい》とは、布を水にさらして強くすることがおこなわれた泉のことである。布をさらすことは万葉でも多摩のそれがうたわれるし、今日でも加賀友禅を犀川《さいがわ》でさらす光景は、美しい冬の風物詩である。川ではないが、水量の豊かな泉でも、それがおこなわれたのであろう。泉は布をさらさずとも、生活の中心になるところで女たちが水を汲みに集まって来た。旅人は渇きをいやすために立ち寄ったであろう。大和の飛鳥の泉が旅人に評判だったことが平安時代の歌謡「飛鳥井」にみられるから、この曝井も同様だったはずだ。

また春先の、村をあげての行事、歌垣《うたがき》も泉のほとりでおこなわれた。歌垣とは男女が集まり歓を尽くす一日一夜のことである。

高橋虫麻呂は、こうした曝井をとり上げてほめたたえた。永遠に通いつづけようというのは、当時のほめことばとして、決まり文句である。

ただ、虫麻呂は、だから「妻がいてほしい」と、ちょっぴりおどけてみせた。大勢女が集まって来ても、愛し合う女がいなければつまらない。歌垣の日の光景を重ねながら、虫麻呂はそう夢想したのである。

この泉は、いま水戸市愛宕《あたご》町の愛宕神社のほとりにある湧水《ゆうすい》がそれだとされている。滝坂の名にそむかず豊かな水があふれて、石がこいに湛えられており、平野のかなたに那賀《なか》（珂）川が流れているから歌の言うところともかなう。坂上の高台は古くから郡司などが居住したところらしい。

某日、緑陰におおわれた湧井のあたりには冷たい空気が漂っていたが、そのなかにたたずんで、歌垣の日の賑やかさと、水に濡れた人々のみずみずしさとを、私は想像していた。虫麻呂の願望がいかにも人間くさいのは、いつもながらの孤独な虫麻呂の人恋しさだと、その心根をいとおしみながら。

【交通】愛宕神社＝ＪＲ常磐線水戸駅から茨城交通バス茨大行きで20分、袴塚二丁目下車。

◉赤見山

栃木県佐野市赤見町

赤見山《あかみやま》　草根刈り除《そ》け　逢はすがへ　あらそふ妹《いも》し　あやに愛《かな》しも

東歌（巻十四―三四七九）

（赤見山の草を刈りとって逢ってくれた上で、争うあの子こそ、何ともいとしい。）

赤見山を群馬県吾妻《あがつま》郡の山だという説もあるが、もう一つの説、佐野市赤見町の山だとする説が正しいであろう。

これを主張することに、なくなった谷馨《かおる》さんは、きわめて熱心だった。

佐野市に出流原《いずるはら》という地がある。清らかな湧水をもち、昔はいま以上に水量が豊かだったらしいこともあって、古くから文人墨客《ぶんじんぼっかく》が杖をひいた景勝の地である。そこの一隅に柿本《かきのもとの》人麻呂《ひとまろ》をまつる柿本神社がある。古《いにし》えの起源は知らない。江戸時代の文人がなせるわざかもしれないが、佐野市にはほかにも柿本神社があって、ふしぎに人麻呂信仰の強いところが佐野である。

この佐野市赤見町の萱場《かやば》西方に二一一メートルの山があり、これが万葉の赤見山だとされる。萱場という地名は萱を刈るという意味だから、万葉のこの東歌《あずまうた》とあい通じることにもなる。

一首は、赤見山で草を刈り除いて逢ってくれた。だがそのうえで抵抗するあの子が何ともいとしい、という歌である。草刈りの労働歌で、一、二句共通の歌が、たくさんうたわれていたであろう。

草刈りは村の共通作業だから、いきおい男女が懇意になる場でもあった。そこでうたわれた労働歌は、こう口にすることによっていっそう男女の情感を高めたことだろう。草を刈ったあとはデートに好都合だから、草刈りはデートの場所をつくっているようなものだ。

しかも単純な逢い引きをうたわないところがよい。やっとの思いで二人きりになれたのに、そのうえでなお女がはじらい、なかなか思いは遂げられない。しかしやすやすとなびかないところが、このうえもなくいじらしく、かえって男の恋心をそそる。ふしぎな恋の心。「あやに」とはこんなふしぎさをいうことばである。女自身にも、理解が届きかねる自分の心であったろう。

【交通】赤見山＝東武佐野線・ＪＲ両毛線佐野駅からバス利用

◉碓氷峠

群馬県碓氷郡と長野県北佐久郡の境

日の暮《くれ》に　碓氷《うすひ》の山を　越ゆる日は　背《せ》なのが袖も　さやに振らしつ

上野国《かみつけののくに》の歌（巻十四―三四〇二）

（日の暮れ方に碓氷峠を越える日は、夫が袖をはっきりとお振りになるのがわかりました。）

いまでこそ碓氷峠《うすいとうげ》はりっぱな自動車道ができて、あっという間に越えてしまうが、昔は道も狭いうえに右に左にハンドルを切りつづける難路だった。おまけに妙義山《みょうぎさん》の連峰と長く付き合ってから越すのが、この峠だった。

一体、妙義山はどうしてあんなに不気味な形をしてにょきにょきと、つっ立っているのか。夕方などだと、薄気味悪くなるほどで、それが余計に碓氷越えのイメージを暗くしている。

私がそう思うとき、実は万葉びとも同じ気持ちを抱いたのではないかと思う。それほどに万葉の歌も、どこか釈然としないのである。第一句は碓氷峠を日暮れで修飾するとも、暮れ方に越える意味だとも説かれる。暮れ方説をとると、どうも「越ゆる日」が「時」とあってほしい。

これだと、まるで日暮れに碓氷を越えることが、あらかじめ日程に入っていたような口ぶりに思える。

そんな行程など、危険きわまりない。ただでさえ日暮れは悪魔が跳梁《ちょうりょう》するのに。だからどうしても越えるとなると、旅人はしきりに袖を振って妻の魂を呼ばなければならない。孤独な魂が、悪魔に殺《あや》められてしまわないために。

残された妻も同じ理由で夫の身を案じ、わが魂が呼ばれることを願っただろう。たしかに、この歌の口ぶりは、願望とも確信ともとれる。

そしてほとんど事実に違いないと思える。だいたい、峠で振る袖など、里の女に見えるはずはないのだから。

碓氷峠は、そんな交霊を祈らずにはいられないような印象にみちている。


【交通】ＪＲ信越線軽井沢駅から草軽交通バス草津温泉行きで5分、旧軽井沢下車。碓氷峠遊覧歩道で碓氷峠見晴台。

◉富士山

精進湖＝山梨県西八代郡上九一色村
西湖＝山梨県南都留郡富士河口湖町

……石花《せ》の海と　名づけてあるも　その山の　つつめる海そ　不尽河《ふじがは》と　人の渡るも　その山の　水の激《たぎ》ちそ……

高橋虫麻呂の歌集（巻三―三一九）

（……近くに石花の海と人々の呼んでいる湖も、この山が抱く海であるよ。富士川として人々の渡る川も、この山に発する激流であるよ。……）

富士山をよんだ長歌の一節に、石花《せ》の海や不尽河《ふじがわ》がうたいこめられている。石花の海とは背の湖、つまり富士山が後ろにもっている湖という意味で、いまの精進湖《しょうじこ》と西湖のことである。不尽河はいまは富士川と書くのがふつうである。

精進湖と西湖とは、いま二つの湖だが、万葉時代には一つづきだった。平安時代初期、貞観《じょうかん》六年（八六四）十二月九日の大噴火によって間が切断された。先年異常に雨が多かった年、湖は満々と水をたたえて、いまにもあふれそうになっていた。そのときまっ先に私が思い出したことは、もと一湖だったことだ。自然の力が測り知れないこともしきりに頭に浮かんでいた。

　作者はこの両湖を富士山がもつことを「包んでいる」とうたった。背の湖ということば自体、背後に包み隠している湖という意味だから、富士山の偉大な力をたたえた表現である。今日のように万人が地図で富士五湖を知っており、たやすく行ける時代ではない。困難な道のりを越えて到着してみると、隠された湖があった。それが富士山の神秘の一つだったのである。

　一方で富士川は富士山西方の峡谷を南流して駿河湾《するが》にそそぐ。静岡県の蒲原町《かんばら》と富士市との間で流出する様子は堂々たる大河である。

　このさまは「つつむ」（隠す）状態とは正反対の、激しい富士山の力を示す。作者は巧みに幽顕《ゆうけん》、明暗の二相を対句に託して、ともどもに力をもつ富士山を描き、畏敬の念をささげた。とくに、「人の渡るも」というあたり、人力とのへだたりもみせようとしている。「激ち《たぎ》」とは激流、山が流し下し、奔流せしめては容易に人を近づけない川が富士川だった。なお、この歌を書いた私の歌碑が山梨県の鳴沢村にある。


【交通】精進湖＝富士急行線河口湖駅から富士急バス精進湖方面行きで40分、またはＪＲ身延線富士宮駅から富士急バス河口湖方面行きで50分、精進湖入口下車。西湖＝富士急行線河口湖駅から富士急バス西湖民宿行きで15分、西湖渡船場入口下車。

◉多摩の横山

東京都府中市南方の多摩川南岸、町田市、多摩市一帯の多摩丘陵

赤駒《あかごま》を　山野《やまの》に放《はが》し　捕《と》りかにて　多摩の横山　徒歩《かし》ゆか遣《や》らむ

宇遅部黒女《うぢべのくろめ》（巻二十―四四一七）

（赤駒を山野の中に放牧したまま捕えられず、夫に多摩の横山を歩かせてしまうのだろうか。）

多摩《たま》の横山とは、多摩川沿いに横たわる丘陵のことで、多摩川の北岸に立つと、まさに万葉でいう「横ほり伏せる」形に丘陵が目に入る。険峻《けんしゅん》な高山ではないが、それなりに懐の深い、越しにくい山だったであろう。

この山を歩いて行かせることになるだろうかと気づかっている女は、防人《さきもり》の妻である。夫、椋椅部荒虫《くらはしべのあらむし》は武蔵の国豊島郡から天平勝宝《てんぴょうしょうほう》七年（七五五）二月に防人として徴集された。黒女《くろめ》の家はそれほど貧しくはなかったのか、駒を飼っていたが、当時の習慣として人々は駒を大自然のなかに放牧したから、さて急につかまえようとしてもなかなかできない。兵の召

集はいつの時代でもあわただしく短期間だったのである。

防人たちは里（村）ごとに召集され、いったん国府に集められてから軍団をなして都へと向かった。そして難波《なにわ》に下り九州の防備につく。だから武蔵の防人たちはいまの府中市に集合した。

そこから多摩川を越えるといよいよ他国。現在の小田急線にほぼ沿った道をたどって足柄《あしがら》越えにかかる。途中に相模《さがみ》の国府（いまの海老名市）も通過する。

長い道のりのなかで馬があれば楽なところは、多摩の横山以上にいくらもあったはずである。ところが多摩の横山の越えがたさを黒女が口にするのは、まず最初の他国の山路だったからだろう。いじらしい妻の心根がしのばれる。

ちなみに黒女とは髪が黒々とした美しい女という意味、村一番の器量よしだったかもしれない。

私は以前、府中市から万葉歌碑を立てる相談をうけ、この一首を多摩の横山を望む河畔に立てることを提案した。揮毫《きごう》を村上翠亭《すいてい》氏に頼み、碑背の撰文と碑傍の解説板とを私が書いて、防人の妻の心根をとどめる歌碑が、完成した。

【交通】万葉歌碑（郷土の森博物館内）＝京王線府中駅から京王バス健康センター行きで20分、郷土の森下車。

◉多摩川

東京都狛江市

多麻《たま》川に　曝《さら》す手作《てづくり》　さらさらに　何《なに》そこの児《こ》の　ここだ愛《かな》しき

武蔵国の歌（巻一四―三三七三）

（多摩川に曝す手作りの布のように、さらにさらにどうしてこの子がこれほどいとしいのだろう。）

多摩川は東京の奥、西多摩郡に源を発して東京と神奈川県との境をつくりつつ東に流れ、川崎市で東京湾にそそぐ川である。

武蔵の国では北の利根川と並ぶ大河で、古代には人々が多くこの流れに沿って住んだ。『万葉集』巻二十がおさめる防人《さきもり》の歌にしても、彼らの出身地のなかに、荏原郡《えばらのこおり》、豊島《としま》郡、橘樹《たちばな》郡、都筑《つつき》郡などの地名が見えるが、これらは南武蔵のもので、那珂《なか》郡、埼玉郡といった北武蔵のものと対照的である。

これらを広く多摩川圏とよぶことができるとすると、多摩川は武蔵の人々の重要な生活の源泉だったことになる。

朝廷に貢上する調布が沿岸でつくられたことも、現在の地名からわかる。この一首も、調としての布をつくるべく、多摩川にさらしているのであろう。冷たい、冬の労働である。

しかし、それを恋の趣に転換させてうたったところに、この歌の喝采をあびた理由があった。さらす布がさらさらと水になびくように、さらさら（更々）に、あの子がどうしてこんなにいとしいのだろうというのである。

「さらす」をうけて「さらさら」といったリズミカルな調子も人々にうけたし、意味の転換も面白かった。

ただ、本当の面白さは、あの子がかわいいという下句にある。そううたえば、うたう全員が恋人を持てるほどにもてていることになるから、全員でうたうとき、一番うれしかったのは、日ごろ恋人など持てない、もてない男だった。

そんな男をたまゆらの悦楽に導き、一方、実際に恋人を持っている男ならその胸を熱くさせて、集団にうたわれた労働歌である。

この歌の碑が、和泉多摩川駅の近くにある。松平楽翁《らくおう》（定信）の雄渾《ゆうこん》な字で、原文が刻まれている。


【交通】万葉歌碑＝小田急線和泉多摩川駅下車。

◉相模嶺

神奈川県伊勢原市・厚木市の大山

相模嶺《さがむね》の　小峰《をみね》見かくし　忘れ来《く》る　妹《いも》が名呼びて　吾《あ》を哭《ね》し泣くな

相模国の歌（巻十四―三三六二）

（相模嶺が小さな頂を隠してしまうように山のかなたに忘れて来る妻の名を呼んで、私を泣かせるな。）

相模《さがみ》の国を形容する「さねさし」ということばは、焼き畑のことだといい、当時この国に住んだ人がその技術をもっていたからだとする説もあるが、やはりすなおに「さ嶺《ね》さし」と解釈すべきだろう。山々が頂をつらねることを、たたえたものである。

その相模の山々のなかに、いま大山《おおやま》とよばれる山がある。単独に大山の名をほしいままにするのだから、相模を代表する山だというべきだろう。万葉の「相模嶺」も大山に比定されている。

大山は別名雨降山《あぶりやま》ともいわれる一二四六メートルの高山で、いまに信仰がたえず大山講の導師《どうし》の家が登山道にならぶほどだし、東京の世田谷区にも大山街道が切れ切れに残っている。

実は大山信仰について、私は一つの仮説をもっている。雨降という字を当ててはいるが、アブリ山はアブラと同じで滋賀県の油日岳《あぶらひだけ》、福島の阿武隈《あぶくま》、岐阜の油坂峠などなど、アブを名のるところは元来太陽信仰をもつところだったらしいから、大山も太陽を拝する聖山だったのではないか。高山だから雨雲がかかりやすく、やがて雨をつかさどる山神を想定するようになったのであろう。

かつて相模の国府は海老名にあった。そこから足柄を越えて西へと旅するとき、道は大山のふもとを巻いて南足柄市へと山路をとることになる。そのゆえに大山は万葉びとにしたしまれ、一首をとどめることになったのであろう。

大山をとり巻くように、いま幾つかの温泉郷があるが、その一つに広沢寺温泉とよばれる、鄙《ひな》びた湯宿がある。以前、私はここに泊まって万葉集注釈の仕事をしたことがあった。そのゆかりを玉翠楼なる旅館から求められ、私は万葉歌碑に禿筆《とくひつ》をふるった。すなわち掲出の一首である。

【交通】大山＝小田急線本厚木駅から神奈川中央交通バス広沢寺温泉行きで40分、広沢寺温泉下車。

◉引佐細江

静岡県引佐郡細江町気賀付近

遠江《とほつあふみ》　引佐細江《いなさほそえ》の　澪標《みをつくし》　吾《あれ》を頼《たの》めて　あさましものを

遠江国の歌（巻十四―三四二九）

（遠江の引佐細江の澪標のように私をあてにさせておいて、やがて疎ましくするでしょうものを。）

『万葉集』は巻十四という一巻をもって東国の歌に当てる。そのおかげで東国の人々の歌心は千年のあとに残ることとなったが、ただ残念なことに、遠江《とおつおうみ》の歌はたった三首しか収められていない。

しかもその三首が浜名湖の周辺に限られているのは、大いに理由があるのだろう。当時の国府は磐田《いわた》市にあったのだから、別にこの地方の中心地というわけでもないのである。

おそらく、国府から離れてはいても、浜名湖の湖北を横切る街道は重要な道筋だったし、漁労が盛んで、活発な土地がらだったにちがいない。この歌からも健康な労働者の歌声がひびいてくる。

澪標《みおつくし》のように身を尽くす私を信頼させておいて、さて裏切ってしまうというおきまりの女歌だが、その人生の哀愁にふれながら、しかし朗らかにうたうのは澪標に沿って船を操る男たちであろう。

引佐細江《いなさほそえ》はいまに名を伝える細江町の気賀《きが》あたりである。この近くには都田川《みやこだ》が流れこんでいるから、その河口が細長い入り江をなしていたことも考えられる。

浜名湖は風光明媚な大景をもつが、私はむしろ奥浜名の静寂が好きだ。とくに猪鼻湖《いのはなこ》のひっそりとしたたたずまいはすばらしいが、一方、湖岸をまわって東に入り込んだ細江のあたりも、風情が捨てがたい。海に続いて、満々と水をたたえた、あの巨大な浜名湖は、もうこのあたりでは無縁である。万葉の昔をとどめるかのように、細江にはゆったりとたゆたっている湖面が広がる。

あるとき、細江の夕陽に出会ったことがある。対岸の連山を蒼黒い色に染めながら、赤く黄色く湖水に影を落としつつ、太陽はゆっくりと消えていった。もちろん、あの恋の哀歓を歌った、人々も見ていた落陽である。


【交通】天竜浜名湖鉄道気賀駅または西気賀駅下車。

◉引馬野

愛知県宝飯郡御津町御馬

引馬野《ひくまの》に　にほふ榛原《はりはら》　入り乱れ　衣《ころも》にほはせ　旅のしるしに

長奥麻呂《ながのおきまろ》（巻一―五七）

（引馬野に美しく色づいている榛原の中に分け入って、さあ皆よ衣を染めるがよい、旅のしるしとして。）

長奥《ながのおき》（意吉）麻呂《まろ》は七世紀の後半、柿本人麻呂や高市黒人《たけちのくろひと》とならんで持統《じとう》天皇の宮廷につかえた歌人である。人麻呂が長歌の重々しい調子を得意としたのに対して、奥麻呂は短歌ばかりをつくり、軽妙な調子によって人々の人気をあつめた。

この歌は大宝二年（七〇二）に、すでに位を文武天皇にゆずって太上天皇となっていた持統が、一カ月半におよぶ大旅行を東国にこころみ、三河の国までやって来たときに、奥麻呂が大宮人《おおみやびと》たちによびかけてつくった一首である。いま引馬野《ひくまの》は榛《はり》が美しい。さあみんな、この原に分け入って榛のいろどりに染まるがよい。旅の記念として、という誘いだった。榛はハンの木のこと。この実や木の皮を染料につかったから、ここでも、それを摺り染めにせよというのだろうか。そう簡単に色のつくはずはないのだが、そこを面白くいった一首にちがいない。

引馬野は三河の国の国府（豊川市）にほど近く御馬《おんま》のあたりだと、久松潜一《ひさまつせんいち》先生がいわれた。浜松市近くの曳馬野《ひくまの》という説もあるが、右の歌が三河の国行幸のときの歌となっているから、御馬説が正しいだろう。

ここには引馬《ひきうま》神社がある。

いつだったか、さる学会の旅行で引馬神社をおとずれたことがある。久松先生も御一緒で、案内役の人が「久松先生のお説ですから、少しお話し下さい」というと、先生は例によってはにかむようにしながら、自説を述べられた。

先生は生涯に書かれた何百という御論のなかでも、十篇に入る一つとして、この御論に愛着をもっておられるようだった。

久松先生もすでに世をさられた。ただ私の机辺には、この歌にちなんだ、ハギの軸の、馬の毛の毛筆ばかりがある。榛は萩だという説もある。

【交通】ＪＲ東海道線愛知御津駅下車。

◉嗚呼見の浦

未詳。三重県鳥羽市小浜町の説がある

嗚呼見《あみ》の浦に　船乗りすらむ　嫐嬬《をとめ》らが　珠裳《たまも》の裾《すそ》に　潮満《しほ》つらむか
柿本人麻呂（巻一―四〇）

（あみの浦で船に乗って遊んでいるだろう少女たちの、あの美しい裳裾には潮が豊かに満ちているだろうか。）

持統六年（六九二）二月、女帝は伊勢への行幸を思い立った。三月三日に出発したいというのだから、神風の伊勢の海浜での祓《みそ》ぎが女帝の心をそそったのだろうか。反対する廷臣もいて、予定は三日おくれ、六日に出発した。帰京は五月の七日だったらしいから、晩春から盛夏までの海を楽しんだことになる。

二カ月にわたる行幸は、大がかりなもので多人数の廷臣が従ったにちがいない。女帝なりに多数の女官も出かけ、留守の飛鳥《あすか》の都は、空虚でさびしいものとなった。

この行幸に柿本人麻呂は参加しなかった。だから火の消えたような宮廷で、賑やかな海浜を思いやって歌をよんだ。その折の四首の一つがこれである。

鳴呼見の浦で船あそびに興じる女官たちは、さながらに宮廷を移動させたような華麗さをみせた。この歌にかすかに漂っているエロスの匂いは、そんな欠落からくる、女体への憧れなのである。

ただ鳴呼見の浦はどこだか決めがたい。「阿胡《あご》の浦」としていまの英虞《あご》湾だとする説や、鳥羽《とば》市の小浜《おばま》町だとする説がある。万葉にはほかにも網の浦（巻一―五）があるのだから、素直にアミの浦とよむほうがいいだろう。網を張って漁をするのに適した浦として、各地にあったものと思われる。

小浜には私も行ってみたことがある。鳥羽に仲間と旅行したとき、絶好のチャンスとばかり、早朝、一人で抜け出してタクシーを走らせてみた。

山がせまり、狭い漁師町が海岸に沿って広がっており、何の変哲もない日本の風景が、半ば睡りながら目の前にあった。

しかし人麻呂の歌も幻想の一首である。わたしは空無の眼前から一首の映像をつくり出し、十分に満足しつついくばくかの時間をすごした。


【交通】近鉄鳥羽線鳥羽駅下車。

◉波多

三重県一志郡一志町八太

河の上《へ》の　ゆつ岩群《いはむら》に　草生《くさむ》さず　常《つね》にもがもな　常処女《とこをとめ》にて

吹黄刀自《ふきのとじ》（巻一―二二）

（川のほとりの聖石には苔もはえていない。あのようにいつも変わらずにありますように。永遠の少女《おとめ》として。）

十市皇女《とおちのひめみこ》といえば天武《てんむ》天皇と額田王《ぬかたのおおきみ》との間の皇女、嫁して弘文《こうぶん》天皇の妃となったのだから、天武・弘文という二人の天皇の争いだった壬申《じんしん》の乱で、もっともつらい立場に立たされた女性だった。

必ずやそのゆえに違いない、乱後天武七年（六七八）に短い生涯をとじる。

この死に先立つ三年前、皇女が伊勢神宮にもうでることがあった。そのとき、伊勢の波多《はた》で、皇女につきそっていた吹黄刀自《ふきのとじ》が、波多の横山の岩を見てつくったのが、この歌だという。歌の内容は、この聖なる岩に苔がはえないように、皇女も永遠の若さをもって、変わることなくあってほしい、という皇女への祈りの歌である。乱における皇女の傷心をいたわる気持ちがあったことは、いうまでもない。

薄幸の皇女への永遠の祈りといえば、もう十分にわれわれの関心をそそるではないか。私もそのゆえに、波多なる土地に長く心をひかれてきた。

波多は三重県一志《いちし》郡の一志町に八太《はた》として地名を残し、式内社の波多神社もある。すぐ横を波瀬《はぜ》川が、社をとりまくように流れている。いまはきれいに護岸工事が施されているが、これがなければ、増水したときなど、神社の地はたやすく波瀬川が洗ったであろう。

近くの小学校を河合小学校というのは、ここが河合だったことを語る。河合は歌垣《うたがき》などのおこなわれた、古代人にとって大きな場所だった。

神社はいかにも鄙《ひな》びた小社だが、境内には磐座《いわくら》のごとき石もある。「河の上の　ゆつ岩群」をこの石から連想することは、容易だった。

波瀬川は山沿いに流れて、ここにやって来る。その連丘を横山とよぶこともできるだろう。川を見、山を見つつ、私はずいぶん長く十市皇女のゆかりを味わっていた。

【交通】近鉄大阪線川合高岡駅またはＪＲ名松線伊勢八太駅下車。

◉白山町の離宮跡

三重県一志郡白山町川口

河口《かはぐち》の　野辺《のへ》に廬《いほ》りて　夜の経《ふ》れば　妹《いも》が手本《たもと》し　思ほゆるかも

大伴家持（巻六―一〇二九）

（河口の野のほとりに仮のやどりをとると、夜の更けるにつれて妻の手枕が思われることよ。）

天平十二年（七四〇）の十月、聖武《しょうむ》天皇の一行が急きょ奈良の都を出発、東国をめざして馬を急がせたことがあった。折しも九州で藤原広嗣《ふじわらのひろつぐ》が反乱の兵をあげ、政府があわただしく鎮圧の軍をさし向けたときのことである。

戦火は遠く九州に燃え上がったものだったにしろ、天皇の驚きには大きいものがあったにちがいない。伊勢に出て皇太神宮《こうたいじんぐう》にもうで、遠《とお》つ祖《みおや》の御霊《みたま》に平安を祈ろうとする気持ちもあったであろう。

一行は二十九日に都をたち、南下して都祁《つげ》の堀越に同日の夜、名張《なばり》に三十日、阿保《あぼ》に十一月一日の夜をすごして次の日河口に入った。

河口は、三重県一志郡、白山町川口の地である。大和から青山峠を越えて伊勢へと通ずる道筋にあり、峠越えの要衝《ようしょう》にあったから関がおかれ、離宮は関の宮とよばれた。離宮跡はJR線関の宮の東方、小高い岡にある医王寺《いおうじ》の隣に比定され、「聖武天皇関宮趾」なる碑を立てている。閑雅な文字がいい。

宮跡に立つと目の下に雲出川《くもず》を挟んだ平野が広がり、その彼方に都祁を隠した山々がつらなっている。鞍部《あんぶ》が青山峠、そこを越して聖武天皇の一行はここへやって来たのである。

一行のなかには折しも内舎人《うどねり》として天皇につかえる大伴家持がいた。時に二十三歳。内舎人となって三年目と思われ、家郷を離れた大旅行は、このときがはじめてだった。旅寝も馴れぬものがあり、その場しのぎの仮廬《かりいお》をつくっての夜は、妻を恋いしのばせるものがあったろう。

河口に宿した十一月二日はいまの暦の十一月二十九日にあたる。もう雪も降りかねない寒夜であった。

この旅を初めとして家持は久邇《くに》（恭仁）京の生活から越中生活へと人生を歩んでゆく。厳しい人生の旅立ちにふさわしい寒夜である。

【交通】ＪＲ名松線関ノ宮下車。

◉妹背の山

背の山＝和歌山県伊都郡かつらぎ町背ノ山・高田
妹山＝かつらぎ町西渋田

大汝《おほなむち》　少御神《すくなみかみ》の　作らしし　妹背《いもせ》の山を　見らくしよしも

柿本人麻呂の歌集（巻七―一二四七）

（大汝と少御神とのお作りになった妹背の山は見るとりっぱなことよ。）

妹《いも》山・背《せ》山と称する一対の山は、昔ずいぶんたくさんあったのではないだろうか。そもそも円錐形の美しい山は、聖山として尊崇され、女神の山と考えられたらしい。そしてこれに男山をなぞらえて妹背の山が誕生した。

峰が一つづきなら、二上《ふたかみ》山である。

万葉時代、この妹背の山として有名だったのは、紀伊路のそれである。紀の川沿いのかつらぎ町に大字背の山があり、そこの二つの山がなぞらえられているが、この一対を、大《おお》汝《なむじ》・少彦名《すくなびこな》という国土経営の二神がことさらに夫婦としてつくったのだと、土地の人々は伝えたのである。

たしかに、その気になって見ると、一対のとり合わせが、見るに美しい。ことに、大和から紀伊へと行幸する天皇に従った都人たちにとって、この山々は都に残して来た妻を思い出させるものがあって、ことさらに賛美したのであろう。

私もあるとき大和から真土山《まつちやま》を越えて紀の川沿いに和歌山へ下ったことがある。紀の川は吉野川の下流だが、このあたりは満々たる水をたたえた大河であり、大河に恵まれなかった大和人にとっては美しい旅路の景観となったことであろう。

心浮かれながら、いささかの旅愁も抱きながら、妹背の山にも戯れつつ道をたどった万葉びとの心情は、よく理解できる。

このとき私は近くの華岡《はなおか》家にも寄ってみた。有吉佐和子の『華岡青洲の妻』で一躍有名になった医者の家だが、思ったより住まいはつつましい。もうあたりに夕闇がせまっていて、墓石の字を読みとることが困難であった。

【交通】ＪＲ和歌山線西笠田駅下車。

◉磐代

和歌山県日高郡みなべ町東岩代・西岩代

磐代《いはしろ》の　浜松が枝《え》を　引き結び　真幸《まさき》くあらば　また還り見む

有間皇子《ありまのみこ》（巻二―一四一）

（磐代の浜松の枝を結びあわせて無事を祈るが、もし命あって帰路に通ることがあれば、また見られるだろうなあ。）

斉明《さいめい》四年（六五八）十一月、突然有間皇子《ありまのみこ》がとらえられて、折しも紀州の白浜に滞在していた天皇のもとに、身柄が護送されるという事件が起こった。とらえたのは、その直前まで政府顛覆を皇子にそそのかしていた男である。しかも皇子が先帝の遺児であってみれば、皇子の失脚を狙う陰謀にまんまとはめ込まれたことは、もう疑いようがない。

皇子自身強く死を覚悟して白浜におくられたろうが、その途中、磐代《いわしろ》（いまのみなべ町岩代）まで来たときにこの歌をよんだ。松の枝を結んで無事を祈るが、もし生命あって帰ることができるなら、またこの結び松を見ることだろうという一首である。

ちなみに、皇子は白浜で天皇たちから訊問をうけたあと、都へ送り返される途中、藤白の坂で殺された。逮捕が五日、白浜着が九日、そして死は十一日である。予定どおりの抹殺日程だったろう。

ときに皇子、十九歳。

磐代は切目《きりめ》峠を越えて山道から下ってきたところである。誰しも、ここで初めて海上の景に接し、その果てに白浜を望むことができる。つまり、皇子はここへ来て初めて、わが死が待ち受ける白浜を見た。そのために、無事を祈る歌がこうして口をついて出たのである。なぜここで一首がよまれたのか、私は長年疑問に思ってきたが、磐代をおとずれ、海上遥かに白浜を望み得ることを知って、疑問が氷解したことだった。

白浜は牟婁《むろ》の湯とよばれたが、いまも崎の湯が当時からのものとして残されている。なお豊かな湯が岩間をほとばしるように湧出《ゆうしゅつ》しつづける。斉明や中大兄《なかのおおえ》（のちの天智天皇）らの湯浴みした湯に私も身を沈めながら、古代王権をめぐる凄惨な抗争を考えると、歳月の茫々とした流れを感じずにはいられなかった。

【交通】ＪＲ紀勢本線岩代駅下車。

◉玉津島

和歌山県和歌山市新和歌浦の奠供山など

玉津島《たまつしま》　磯《いそ》の浦廻《うらみ》の　真砂《まなご》にも　にほひて行かな　妹《いも》が触れけむ

柿本人麻呂の歌集（巻九—一七九九）

（玉津島の岩の多い浦の砂にも色どられていこうよ。いとしい妻が手に触れたことだろう。）

大和から真土山《まつち》を越えて紀の川沿いに山をくだると、紀伊の海に出る。持統天皇や聖武天皇の一行がたどった道で、私も一度この道を経て奈良から和歌山へ出てみたことがあったが、山道を抜けてきて目の前に展開する紀の国の海を見たとき、その輝きがまぶしいばかりだったことを、よくおぼえている。

神亀《じんき》元年（七二四）の行幸のとき、いままで弱《わか》の浜といってきた和歌の浦を、明光《あか》の浦と改名したというのも、十分納得することができる。

この和歌の浦の一部に玉津島《たまつしま》がある。

いまは陸地になっているが、いかにも昔は海中にあって、島々をつくっていただろうと思われる小丘がいくつも盛り上がって並ぶ。中心は奠供山《てんぐ》で、このうえに玉津島神社もあったろうか、いまはこの山を背負って、社殿がある。

人麻呂作と思われるこの歌では、妹はすでに没している。つまり死者ゆかりの砂だというので、これに手をふれ、砂のいろどりを身につけたいというのだ。

砂には色彩などありはしない。そう考えるのがふつうだろうが、死者のゆかりをもつばかりに、あの無表情で命のない砂は、色彩の輝きまでおびる。

砂を生あるものとするのは、人麻呂の妹への愛である。しからば「命なき　砂のかなしさよ　さらさらと　握れば指の　間より落つ」とうたった石川啄木の哀しみは、愛の欠損だったことになる。

私が訪れたときは大安の日曜だったらしく、神前結婚の花嫁や花聟、そして一族の華やぎにあたりはみちあふれていた。

人波のなかで、改めて人麻呂と妻のことが想われた。

【交通】ＪＲ阪和線・紀勢本線和歌山駅または南海電鉄和歌山市駅から和歌山バス新和歌浦行きで25分、不老橋下車。

◉珠洲

石川県珠洲郡および珠洲市

珠洲《すす》の海に　朝びらきして　漕ぎ来《く》れば　長浜の浦《うら》に　月照りにけり

大伴家持（巻十七―四〇二九）

（珠洲の海から、朝港を出て漕ぎ出して来ると、いつか長浜の浦には月が照っていたことだ。）

天平二十年（七四八）春、家持《やかもち》は能登半島を一巡して国府へ帰って来た。当時出挙《すいこ》とよばれる制度があり、役所が農民に稲などを貸しては利息をとって返させるもので、このために国守は国内を春秋二回に巡行した。家持もそのために半島の西をまわって突端に出、そこから海上を帰って来たのである。

珠洲はこの突端にある。いま珠洲《すず》焼と称していかにも鄙《ひな》びて部厚い焼き物がある。私も小さな犬を一つもらったことがあるが、これに象徴されるように、珠洲はいまでも都会の喧噪をよそに静かである。静寂なたたずまいのなかに長い歳月が湛えられ、神代と直《じか》に対面するような錯覚にもおそわれる。

珠洲神社は長い参道が鬱蒼とした樹木におおわれ、その厳粛さがいつも快い。万葉では「珠洲の海人《あま》」ということばも出てくるから、漁師たちの尊崇も厚かったことであろう。

家持もここに額《ぬか》づいたあとに船上の人となったか。出発は早朝だったが長浜にたどりついたときはもう月光を仰ぐほどになっていた。

浦に月が照るというのは、仰いで月を見、伏して波間のきらめきを見るということであろう。海面の月は尾をひいてわが許にいたる。

穏やかな春の潮の上である。

残念ながら長浜がどこかわからない。七尾湾《ななお》のどこかともいうし、さらに国府(高岡市)に近い松田江とする説もある。七尾湾ならなおのこと波は穏やかであろうし、のちに能登が越中から分離したときに国府がおかれたのもこの近くだから、七尾湾の可能性は高い。しかし松田江からは国府に近いし、松田江説もすてがたい。松田江も長い海岸を有するから、長浜と称してよいであろう。

上陸後、馬上の人となった家持に、めぐって来た半島の風景が、くり返し思い出されていたにちがいない。

【交通】須須神社＝のと鉄道珠洲駅から奥能登観光開発バス寺家回りで35分、寺家下車。

◉立山

富山県中新川郡立山町

立山《たちやま》に　降り置ける雪を　常夏《とこなつ》に　見れども飽かず　神《かむ》からならし

大伴家持（巻十七―四〇〇一）

（立山に降り積もった雪を夏中見ていても飽きない。神山の名にそむかないことよ。）

大伴家持は天平十八年（七四六）七月に越中国守として、越中国庁に赴任した。以後彼の越中生活は五年にわたるが、都とはちがう風物が彼の詩心を刺激し、旺盛な作歌意欲をもって和歌を次々とよんだ。

こうした越路の風物のなかで、もっとも家持を驚かせたものは、越中の南の空を区切ってそびえる立山《たてやま》連峰だったにちがいない。大汝《おおなむち》山を主峰として屏風《びょうぶ》のようにつらなる山嶺は、大和では想像すべくもないものだったろう。

しかもこの屏風は、三〇〇〇メートル以上にも天空を遮断するものであった。家持は国庁のすぐ背後の山を二上山とよんで、しばしばうたうが、これはまったく都の風景になぞらえたものだ。立山はそれと対照をなす。

その意味で家持が二上山と立山とを、それぞれ「賦《ふ》」とよぶ長歌でうたうのは、家持の越中における二つの心——都への帰心と異土への驚倒とを示していておもしろいではないか。

歌は、その立山の賦の反歌である。夏の間じゅう立山には雪が消えない。それも神たる山のゆえだ、という。

実際には立山の雪は十一月ごろ降り出して五月ごろ消える。しかし家持にとっての立山は、——いや私にとっても立山は、雪の立山でなくてはならないのである。とくに能登半島から雨晴《あまはらし》海岸をへだてて見る、海ごしの雪の立山はよく写真にある。家持もしばしば望見したものだろうし、私にも忘れがたい印象を与えてくれる。

もちろん雪の立山に入ることはできない。バスが通るのは雪のない間だから、たまゆらの夏に。もっとも奥の室堂《むろどう》に遊ぶのもよい。真夏でも空気は冷えびえとしているし、やがて、みるみるうちに黄葉をましてゆく秋の草木をいとおしむのも、さらにあわれ深いことだ。

【交通】ＪＲ大糸線信濃大町駅または富士地方鉄道立山駅から黒部立山アルペンルートに乗り換え、室堂下車。

◉延槻川

富山県中新川郡の立山連峰を水源とする

立山《たちやま》の　雪し消《く》らしも　延槻《はひつき》の　川の渡瀬《わたりぜ》　鐙浸《あぶみつ》かすも

大伴家持（巻十七―四〇二四）

（立山の雪こそ今解けはじめたらしい。延槻川の渡り瀬で鐙を水にひたすことよ。）

新川《にいかわ》郡の延槻《はいつき》川を渡ったときにつくったと題がある。時に天平二十年（七四八）早春。農民に稲を貸し与えるために、越中の国司として家持が国内を巡行した折のことである。

延槻川はいま早月《はやつき》川とよばれ、立山《たてやま》連峰に発して北流し、魚津《うおず》市付近で富山湾にそそぐ。私がおとずれたときは、いずれも水量がとぼしく、広い川幅に石ばかりが目立ったが、かつては豊かな流れを湛えていたであろう。

とくに早春、立山の雪解水によって増水したときの奔流も想像することができる。この歌が実感しているのもそんな早春の延槻川の水で、ふだんなら浅い渡り瀬が、今日は馬の鐙《あぶみ》をひたすほどだというのである。しかも鐙をひたす水によって、遠い立山山中の雪解けを知った趣である。——歌の解し方としても「来らしも」という意見があるが、雪が来るといういい方はありえない。

水はことの外に冷たいはずである。身のひきしまるような冷たさを感じながら、一方に北国におとずれた春の喜びを感じている歌は、清冽な流水そのもののように、すがすがしい印象を読者に与える。

また家持は冬の間ほとんど口を閉じる歌人だから、人一倍春の到来がうれしかったろうと想像される。

私はこの一首が好きで何度か早月川の河畔に立ったことがある。とくに早春、上流に向かって川を望むと、紫色につらなる立山の雪嶺が屏風のようにつづき、絵さながらに美しい。厳しさをよそおいながら、しかし山中にも雪解けがはじまっていることを想像すると、心躍る思いがある。あのオコジョなども、冬ごもりから目覚め、雷鳥もやがて羽の色を変えようとする山中である。

【交通】富山地方鉄道線越中中村駅下車。

◉羽咋

富山県氷見市と石川県羽咋郡志雄町をつなぐ道

之乎路《しをぢ》から　直越《ただ》え来れば　羽咋《はくひ》の海　朝凪《な》ぎしたり　船梶《ふねかぢ》もがも

大伴家持（巻十七—四〇二五）

（之乎路をまっすぐに越えてくると、羽咋の海は朝凪している。船と梶があったらなあ。）

天平二十年（七四八）といえば大伴家持が三十一歳のときだが、二年前に赴任したばかりの少壮国守は、早春の越中を隅々までめぐり歩いて農事を奨励した。当時の越中は能登半島をも管轄していたから、そのめぐるべき地域は広い。

家持は国府（いまの高岡市）を出発して西に布勢《ふせ》の水海を越え、能登半島ののど元を横断する形で半島の西に出、そこから西海岸を北上したあとに半島突端の珠洲《すず》を経て南下したらしい。

陰暦の新年早々のことであった。

「之乎」はいまの石川県羽咋《はくい》郡志雄町《しおまち》。半島の西海岸にある。そこから、のちに子浦街道とよばれた道を通って羽咋に出た。途中にはそれほど高くはないが、臼ヶ峯（二六五メートル）など山地を越えることがある。

山越えをしたあとに接した、一望のもとに展開する羽咋の海への感動が、この一首になった。

羽咋はいまの羽咋市、能登一の宮とされる気多《けた》大社があり、家持もここに参詣するために来たといっている。

おそらく能登西岸の海に、家持は初めて接したのであろう。例の源実朝の「箱根路を　われ越え来れば　伊豆の海や　沖の小島に　波の寄る見ゆ」（『金槐集《きんかいしゅう》』）と同じ状況だったと思われるが、こちらは浄晨の静寂さに満ちていて、すがすがしい。

それでいて朝凪ぎの海に船を浮かべたいという心躍りは、実朝の歌を必要以上に傍観的にしてしまうほど、積極的である。早春の任国を巡行する大守の心に、さわやかな充実感がみちみちていたからであろう。

私は最近、地元の山口克人さんらの熱心な勧誘をうけて、臼ヶ峯越えの二基の碑に万葉歌を揮毫《きごう》した。

【交通】ＪＲ七尾線敷浪駅下車。

◉味真野

福井県武生市味真野町

味真野《あぢまの》に　宿《やど》れる君が　帰り来《こ》む　時の迎へを　何時《いつ》とか待たむ

狭野茅上娘子《さののちがみのをとめ》（巻十五—三七七〇）

（味真野に仮寝をしておられるあなたが帰って来る時のお迎えを、何時と考えて、私は待っていましょうか。）

天平十一年（七三九）のことと思われるが、当時神祇官《じんぎかん》（神祭りをつとめる役人）だった中《なか》臣宅守《とみのやかもり》が、女官の狭野茅上娘子《さののちがみのおとめ》と恋に落ち、勅勘をうけて越前に流されるという事件があった。二人は今日いう上司と部下の関係にあったらしく、恋愛を禁止する当時の法律にふれたからである。

事件は人々の関心をあつめ、宅守の離京にはじまって、長い道中、また越前に到着してからの歌々といったように、二人が贈答した歌を、熱心に語りつたえた。その五十三首が『万葉集』に残されている。この一首も、すでに宅守が配流地に生活しはじめてから、娘子が宅守に送ったものである。

配流の地は味真野《あじまの》といった。当時越前の国府があったのは、いまの武生《たけふ》で、味真野は武生駅から八キロ東へ行ったところにある。昔の味真野村はいま武生市に合併されて、一部が味真野町の名をとどめている。

娘子の歌はいつまでという当てもない、ひたすら待つしかない茫漠さをうたったもので、女の心の空虚さが痛々しく伝わってくる。私もそんな二人の心を味わいながら、味真野をおとずれたことがある。

たしかに味真野はとりとめもなく広がっていたが、近ごろは味真野苑という公園ができてむしろ賑々《にぎにぎ》しく二人の恋を伝えている。

それもよいがお隣に味真野神社があり、継体《けいたい》天皇の宮跡と称し、継体天皇などをまつるのがいっそうよい。三国《みくに》の地に身を起こして大和に入ったと伝えられる継体天皇の、ゆかりの一つであろう。継体天皇を主人公とした謡曲に「花筐《はながたみ》」という一曲があり、照日《てるひ》の前《まえ》の思慕を語る。茅上娘子と逆に女が味真野に残される話だが、ともに別離の悲しみを主題として、あい応じ合うものがある。


【交通】ＪＲ北陸本線武生駅から福鉄バス池田行きで20分、味真野神社下車。

◉帰廻

福井県南条郡今庄町南今庄

帰廻《かへるみ》の　道行《ゆ》かむ日は　五幡《いつばた》の　坂に袖《そで》振れ　われをし思《おも》はば

大伴家持（巻十八―四〇五五）

（帰の地の隈《くま》道を通ってゆく日は、五幡の坂で袖を振ってください。私を思ってくださるなら。）

愛発《あらち》の関《せき》を越えた都人たちは敦賀《つるが》の五幡《いつはた》（いまの敦賀市）まで海岸沿いに道をとっただろうが、ここから先、越《こし》への道は山また山を越える難路であった。そもそも「越の国」とは山路を越した彼方という意味だろう。すると、もっとも直接には、この山道こそが越すべきものであり、その彼方に越の国の印象は強かったであろう。

いま、旧北陸トンネルが自動車道となっている。その、長い長いトンネルを一直線に抜けると、南条郡《なんじょう》今庄町《いまじょうちょう》南今庄の地に出る。旧称帰《かいる》の地であり、万葉の帰《かえる》である。

トンネルを抜けてさえ、この村落に出るとぽっと風景に包まれたような暖かい安堵感と、柔らかな静寂に出会う。中央を鹿蒜川《かひる》が流れる狭い谷間の村は、次第に幅を広げて国府だった武生《たけふ》へと道を伸ばしている。川の近くに式内社の鹿蒜神社があるのは、この地の通路としての重要さを語っているであろう。

私はこの暖かな静けさに身をおきながら、家持たちの旅を思ったことがある。

歌は天平二十年（七四八）三月二十六日、折しも都へ帰ろうとする田辺福麿《たなべのさきまろ》の帰途を思いやって、宴会の席上、大伴家持がうたったものである。

当時越前の国府があった武生から今庄まで南下すると、もう道は山肌に正面をはばまれてしまって先へ進めない。そこで山道にかかり、山中峠から杉津に出、そこから五幡へと道をとることになる。

帰廻《かえるみ》のミとはわん曲をした地形をいう。おそらく帰からたどることになる、くねくねとした山道を「帰廻の道」といったのであろう。その山道が一往一段落して、敦賀への平地に出る最後のところが五幡の坂だったと思われる。そこで、無事に山道を越したあとに袖を振れというのである。五幡はいま敦賀市に属する。

袖を振るのは魂を招くためである。家持も魂となって帰廻の山道を越えていくことを期待して、越中からは一五〇キロ以上も彼方の五幡の福麿を思いやったのである。

【交通】ＪＲ北陸本線南今庄駅下車。

◉後瀬山

福井県小浜市

かにかくに　人は言《い》ふとも　若狭道《わかさぢ》の　後瀬《のちせ》の山の　後《のち》も逢《あ》はむ君
坂上大嬢《さかのうへのおほをとめ》（巻四―七三七）

（とやかく他人はいい立てたとしても、若狭道の後瀬の山のように後には必ずお逢いしましょうよ、わが君。）

『万葉集』は大伴家持と坂上大嬢《さかのうえのおおおとめ》との贈答歌を数多くとどめる。二人は一度恋人関係にありながらいったん別れ、十年ほどして再会し、ついに結婚するにいたった。この歌は、こうしたいきさつのなかで結婚の直前、二人の気持ちがもっとも高揚したときの歌である。

恋人が他人の中傷によって傷つくのは好奇心の多い世のなかではいつもながらのことで、二人もいろいろ中傷や妨害をうけたらしい。しかし「何やかやと他人がいいたてたとしても、将来は必ず結婚しましょう」と大嬢は家持に訴えた。

これに対して家持も答える。

後瀬山《のちせやま》　後《のち》も逢はむと　思へこそ　死ぬべきものを　今日《けふ》までも生《い》けれ　（巻四―七三九）

（後瀬山のように後には必ず逢おうと思うからこそ、苦しみ死ぬはずのものを、今日までも生きて来たのです。）

当時は恋が苦しくて死んでしまうということばがはやった。家持も「死んでしまいそうになりながらやっと生きてきたのは、必ずや結婚しようと思ったからだ」と返事したのである。この贈答に、若狭《わかさ》の後瀬山が使われた。山の名がのちの逢瀬《おうせ》とよく通じ合ったから、面白がられたのであろう。

後瀬山はいまの福井県小浜《おばま》市の南にある。小浜は若狭の国の国府で、とくに後瀬山はその地域を守るように位置している山だから、大事にされた山だったはずだ。鎮護の山を考えて国府がおかれたらしい形跡は、常陸《ひたち》の筑波山など一、二にとどまらない。

都の人々にとっても、実際に旅路で目にし、都にいてもその名を聞き知っていた山だったであろう。山そのものはごく平凡な山の姿だが、自然は人間の感情によって染められる。名前のゆえに親しまれ、多くの人々の恋の思いを背負ってきたことであった。

【交通】ＪＲ小浜線小浜駅下車。

◉伊香山

滋賀県伊香郡木之本町

伊香山《いかごやま》　野辺《のへ》に咲きたる　萩見れば　君が家なる　尾花《をばな》し思ほゆ
笠金村《かさのかなむら》（巻八―一五三三）

（伊香山の野辺に咲いている萩を見ると君の家にある薄が思われるよ。）

笠金村《かさのかなむら》は長い歌歴をもつ宮廷歌人だが、晩年、石上乙麻呂《いそのかみのおとまろ》に仕え、越前に赴いたらしい。その旅路は奈良の都を出て木津川沿いに北上、逢坂山《おうさかやま》を越えてからは琵琶湖の西岸ぞいに舟旅をして塩津あたりから上陸、ふたたび陸路をとったものか。あるいはさらに東よりに上陸したものか、そこから愛発《あらち》の関《せき》という難所を越えて越の国に出たと思われる。

伊香《いかご》山はこの途中、湖北にある山で、後世七本槍で有名な賤《しず》ヶ岳《たけ》の南嶺となる。余吾《よご》の湖とよばれる小沼が湖北にぽつんと存在することも世に知られているが、この沼は別名「伊香の小江《おえ》」という。白鳥が人間の世界にとどめられた悲話をとどめることで名高い。

金村はこの山を越えるとき、秋萩の花の盛りに遭遇した。彼はこのときもう一首の短歌をつくっており（巻八―一五三二）、それによると手をふれただけでも衣が色づいてしまうほどに咲き乱れていたといっている。

その満開の萩の花を見ると「君」の家に咲いていた尾花（ススキ）を思い出すという。「君」とはたぶん石上乙麻呂のことであろう。

萩を見て尾花を思い出すという連想は、この時代の好みを反映している。万葉におもしろい歌があって、皆が萩をいいというものだから、俺は尾花こそ秋らしいといおうという（巻十―二一一〇）。

これによれば乙麻呂は尾花派、金村は萩派でかつて論争したことがあったのかもしれない。そんな風雅な論争をここで思い出すのも、旅愁というものだろう。

いま、賤ヶ岳にはリフトがあり、それに乗って見ると伊香の村落が一望される。木之本《きのもと》町大音《おおと》の伊香具《いかご》神社の森がその中心にあって、古代をしのばせる。

【交通】伊香具神社＝ＪＲ北陸本線木ノ本駅から近江鉄道バス今津菅浦行きで5分、賤ヶ岳口下車。賤ヶ岳へは大音からリフト利用。

◉塩津

滋賀県伊香郡西浅井町塩津浜

高島の　阿渡《あと》の水門《みなと》を　漕ぎ過ぎて　塩津菅浦《しほつすがうら》　今か漕ぐらむ

小弁《せうべん》（巻九―一七三四）

（高島の阿渡の港を漕ぎ去っていって、塩津、菅浦のあたりを今は漕いでいるだろうか。あの船は――。）

琵琶湖の西岸を大津から北上してゆくと、浮御堂《うきみどう》のある堅田《かたた》や近江舞子をへて安曇《あど》川の河口に出る。このあたりが高島で、安曇川の河口は港として湖北に向かう船の重要な泊まりであった。

この歌も湖上を北に向かう船の行方を思いやった一首で、その船は阿渡（安曇と同じ）の港も通過して、いまごろは塩津、菅浦あたりを漕いでいるのだろうか、という趣である。想像した、船をとりまく風景は、塩津や菅浦の湖上のものとなる。塩津は琵琶湖の最北端、いまの西浅井町の塩津であり、菅浦は同町菅浦の地である。

琵琶湖も湖北へ来ると、たたずまいは一途に静寂を深め、水は紺青の色を濃くする。塩津近くの余吾の湖（古代の伊香の小江《おえ》）では鳰鳥《におとり》も眠っているような風景がいまも目の前に展開し、古代にあってはどれほどか人界の喧騒を離れたところだったろうと想像される。

いや、この静寂さは、なにも突然菅浦にいたって展開するのではない。すでに比良《ひら》あたりにかかると、比良の寒風が荒涼とした旅情をかき立てるし、安曇あたりも冬は雪の多い土地である。

私はあるとき海津から北まわりの湖岸沿いが雪にはばまれて通れず、いったん福井県に出て、大きく迂回して木之本へ出たことがあったほどだ。

作者小弁は、航路にしたがって寂寥を深くしてゆく過程を追いながら、漕ぎ去っていった船の行方として、荒涼として鄙路遠い湖北の風景を幻想しているのである。こううたわれると、船はぽつんと孤影を濃くしながら漕ぎ進んでいるように、読者の目にも映る。塩津に泊まったあと、乗船の官人たちのたどる道が、さらに雪深い越路だったことも、作者は知っていたはずである。

【交通】塩津浜＝ＪＲ湖西線・北陸本線近江塩津駅から近江鉄道バス木之本駅行きで5分、塩津浜下車。菅浦＝ＪＲ湖西線永原駅から近江鉄道バス菅浦行きで25分、菅浦下車。

◉鳥籠の山

滋賀県彦根市正法寺町

犬上《いぬかみ》の　鳥籠《とこ》の山なる　不知也川《いさやがは》　不知《いさ》とを聞《き》こせ　わが名告《の》らすな

作者不詳（巻十一―二七一〇）

（犬上の鳥籠の山を流れる不知也川のように、イサ―さあ知らないとこそおっしゃってください。私の名をおっしゃいますな。）

彦根市の南を流れる川に芹《せり》川がある。すぐ南に大きな犬上《いぬかみ》川があるから、それほどの大河とは見えないが、それでも琵琶湖にそそぐあたりはなかなかの川幅をもつ。その芹川をさかのぼって東海道本線を越え、新幹線の鉄道に近づいたところで芹川が大きく湾曲して流れるのに出会い、正面を見るときれいな円錐形の山が、山裾をとりまかれたように川をまとう姿が見える。大堀山とよばれる山である。

別名、鞍掛《くらかけ》山とよばれるのは、馬の背の鞍のような形をしているからであろう。その山容といい、裾の川といい、これは典型的な神奈備《かんなび》山と神奈備川であって、聖山として尊ばれ、親しまれたであろうことが知られる。これを万葉の「鳥籠山」と認定して差し支えないであろう。「とこの山」とは永遠の山の意であろうか。

鳥籠は昔の駅で馬十五匹をおいたことが知られるが（『延喜式《えんぎしき》』）、また壬申《じんしん》の乱に際してはここまで進撃して来た吉野軍を近江軍が迎えて敗北、将軍が斬られたところとして登場する（『日本書紀』）。交通上の要地でもあった。

万葉の歌も宿駅付近のものが多い。これも鳥籠の歌を中心とする人たちによってうたわれたものであろう。鳥籠山のある不知也川《いさや》――当然芹川のことだろうが、その名のとおり「いさ」（さあ知らない）といいなさい。けっして私の名をいってはいけない、という。

ことば遣いからいうと、娘の母親に対してわが名をいうなと男がいった歌らしい。母親は娘の恋の監視役だったから、恋する男がもっとも苦手とする存在だった。臆病さが歯がゆい気もするが、これも恋心の不安と戦《おのの》きだったのだろう。芹川の水面に、そんな古代の恋を思ってみるのもよい。

【交通】近江鉄道彦根口駅下車。ＪＲ東海道本線彦根駅から近江鉄道彦根バス多賀町役場行きで10分、野田山下車。

◉唐崎

滋賀県大津市唐崎

ささなみの　志賀の辛崎《からさき》　幸《さき》くあれど　大宮人《びと》の　船待ちかねつ

柿本人麻呂（巻一―三〇）

（楽浪《ささなみ》の志賀の辛崎はその名のとおり変わらずあるのに、大宮人を乗せた船はいつまで待っても帰って来ない。）

壬申《じんしん》の乱によって近江の大津宮は廃墟と化した。六七二年のことである。それから何年がたったろうか。おそらく当事者の天武天皇もなくなり、次の持統天皇の時代になると、持統天皇はいくら天武天皇の皇后だからといって、やはり天智天皇の娘なのだから、父の都も恋しくなったであろう。

柿本人麻呂が大津の地をおとずれ、一篇の荒都の悲歌をうたったのも、そのころと思われる。この歌は、その長歌に添えられた反歌のうちの一首である。

長歌によると、人麻呂がここをおとずれたのは春だったらしい。春草ばかりが生いしげっていて、壮麗をきわめた宮殿が跡形もなくなっていることに、人麻呂の今昔の感が深かった。しかし反歌での嘆きは、もっぱら大津の宮の人たちに逢えない点にあった。この歌にしても、志賀の唐崎《からさき》は変わらずあるのだが、大宮人を乗せていった船は、まだ戻って来ないという。唐崎という地名のサキと幸《さき》くのサキとをかけ合わせた一首である。

実は、天智天皇がなくなったとき、残された額田王《ぬかたのおおきみ》たちは、天皇を乗せた船が船出しないように、港にしめ縄を張ればよかったとうたっている。とすると、この歌の「大宮人の船」とは、死者を乗せた船ということになる。死者たちは、船出して行方知れずになった、と作者は考えたのである。

唐崎は都近くの遊楽地であったか。いまにその名を伝え、歌枕ともなった唐崎の松が枝を広げている。正面に秀麗な近江富士――三上山《みかみ》が小さく見える景勝の地である。岸をひたひたと湖の波が打つ。その静けさのなかに立つと、滅んだ者の心も、その追慕者の心も、しのぶことができる。

【交通】ＪＲ湖西線唐崎駅下車または京阪電鉄浜大津駅から江若交通バス堅田行きで10分、唐崎下車。

◉蒲生野

滋賀県東近江市市辺町

あかねさす　紫野《むらさきの》行き　標野《しめの》行き　野守《のもり》は見ずや　君が袖振る

額田王《ぬかたのおほきみ》（巻一―二〇）

（あかね色をおびる、紫草の野を行き、その御料地の野を行きながら、――野の番人は見ていないでしょうか。あなたは袖をお振りになることよ。）

天智天皇が長い皇太子時代をへてやっと即位したのは天智七年（六六八）正月のことだが、長かった苦節時代のとばりを払うかのように、五月五日、天皇は蒲生野《がもうの》に遊猟した。薬猟《くすりがり》と称して、薬草や鹿の袋角《ふくろづの》をとる行事で、中国ふうをまねたものである。

かつて推古《すいこ》朝におこなわれたことがあるが、それをまた復活したのは、当時の朝廷にみちていた百済《くだら》系の渡来人の提言があったからだろう。美麗をつくして、朝廷人たちは遊猟に従ったという。

そのなかに額田王もいた。そして大海人皇子《おおあまのみこ》と歌を贈答することができた。大海人はかつての夫であり、すでに十市皇女《とおちのひめみこ》という娘すらうまれていたが、いまは天智天皇の朝廷にあって、思うようには会えなかったらしい。そんな折のことだったから、大海人は額田を見かけて大きく袖を振った。求愛の行為である。

額田は野守《のもり》の目を気にしながら、喜びを隠すことができない。すなわちこの一首である。

薬猟がおこなわれた蒲生野は紫草を栽培する標野《しめの》（管轄の野）だったらしい。立入禁止の標野だったから一般の人の目が少なかったのであろう。しかし天皇占有の野として番人もいる。

その中で額田に袖を振るとは大胆である。この緊張感も一首の大事な眼目であろう。

蒲生野は近江八幡から近江鉄道一つ目の市辺《いちのべ》駅で降りるとすぐのところで、船岡山に歌碑がある。元暦校本の字をそのまま刻んだ字体のよさといい、眺望といい、申し分ない。遠く三上山も見える。また解説文が名文である。

このあたりは古く渡来人が住み、紫草の栽培も彼らの技術によるところが大きかったであろう。「韓人《からひと》が衣をそめるという紫」という歌も万葉には見える。その花は白くて可憐である。初夏、一面に咲き乱れる紫草と、そのなかの額田王を想ってみるのもよい。

【交通】船岡山＝近江鉄道市辺駅下車。

◉相坂

滋賀県大津市大谷町

相坂《あふさか》を　うち出《い》でて見れば　淡海《あふみ》の海　白木綿花《しらゆふはな》に　波立ち渡る

作者未詳（巻十三―三二三八）

（相坂山をうち越えてみると、淡海の海には白い木綿が花をさかせたように、波が立ち続いているよ。）

いわゆる逢坂山《おうさかやま》は、いまも京都から滋賀へ出る道に立ちはだかる。鉄道はこの下をトンネルで通過してゆく。

昔は逢坂山（三二五メートル）と南の音羽山《おとわやま》（五九三メートル）との間の道を越えたようだが、当時都のあった奈良から北上して来た道が最初にぶつかる山といってよいだろう。いわゆる「道行き」の形をとって奈良から北陸への道をたどる歌も、奈良山、管木《つつき》、宇治、阿後尼《あごね》、山科《やましな》そして石田《いわた》と地名をあげ、最後は「われは越え行く　相坂山を」（巻十三―三二三六）とうたっておわる。つまり相坂山からが異郷で、その手前までが「畿内」であった。

この歌も、同じ気持ちをもち、相坂山を越えて初めて見た琵琶湖の風景を、別世界のものとして詠嘆している。白い木綿の花のように波が立っている、と。木綿とは楮《こうぞ》の繊維でつくった繊維で、神祭りの幣《しで》などに使われる。それを花に見立てたのが木綿花である。白木綿花という花が実在するのではない。

当時は山越えをするとき、峠の神に手向《たむ》けをして、無事を祈って越えていったものだ。だからいまも、相坂の神に木綿をつけたぬさでも手向けた後だったとしたら、この比喩は、ついいましがた祈りを込めたそのものの、敬虔なイメージを合せもつものだったことになる。手向けたばかりの木綿が、ぱっと広がって湖面いっぱいに、花を咲かせた、といってもよい。白波はただ美しいだけではなく、神々しさにもみちていた。異郷の風景だったからでもあろう。

のちに源《みなもとの》実朝《さねとも》が「箱根路を　われ越えくれば　伊豆の海や　沖の小島に　波の寄る見ゆ」（『金槐集《きんかいしゅう》』）とよんだのも、この歌にならったものである。

【交通】京阪電鉄京津線大谷駅下車。平安京遷都以後につくられた逢坂山関跡の碑がある。

◉和束

京都府相楽郡和束町白栖

わご王《おほきみ》　天知《あめし》らさむと　思はねば　凡《おほ》にそ見ける　和豆香《わづか》そま山

大伴家持（巻三—四七六）

（わが大君が天をお治めになるだろうなどとは思ってもいなかったので、気にとめてもいなかったことだ。杣《そま》山でしかなかったその和豆香の山を。）

天平十六年（七四四）閏一月十三日、十七歳の皇子が死んだ。安積皇子《あさかのみこ》である。皇子は聖《しょう》武《む》天皇の皇子、ほぼ同じころに生まれた基王《もといのおう》がなくなったあとは聖武たった一人の皇子だったから、当然次の天皇としての期待が寄せられていたであろう。

ところが天平十年に阿倍《あべ》内親王が皇太子となった。異例中の異例というべき女性の皇太子で、その擁立に動いたのは藤原氏である。内親王の母は藤原不比等《ふひと》の娘、光明《こうみょう》皇后で、安積の母は夫人の県犬養広刀自《あがたのいぬかいのひろとじ》だったからだ。

皇子および皇子に期待をよせる大伴氏の人々の落胆はいうまでもない。皇子の失意の日々は華麗をきわめただろう阿倍立太子の日からはじまったが、のみならず、いつかは落命しなければならない運命も、この日から出発したというべきかもしれない。

死には藤原仲麻呂による暗殺説もある。十一日に父帝とともに難波へと恭仁《くに》宮を出発、途中桜井まで来たときに脚の病のために還送され、翌々日に死んだというのが史書の記述である。二日後に死ぬほどの重病人がいっしょに出かけるだろうか。脚の病で死ぬとは何か——。どうやら暗殺説は正しいのではないか。ちなみに仲麻呂はあとに阿倍内親王（孝謙女帝）と組んで出世していった男である。

この皇子の暗い運命を今日に伝えるかのように、皇子の墓が和束《わづか》の丘にぽつんとある。和束そのものが恭仁宮から五キロも山のなかに入りこんだところで、鄙《ひな》びた茶畑が起伏をもってつらなる、ただなかである。

もとより真偽のほどは確実でない。しかし皇子の死をいたむ家持の悲しみは紛れもない。われわれとて皇子の墓所があると知らなければ見すごしてしまうような丘陵だから、家持の思い入れもよく理解できる。

【交通】ＪＲ関西本線加茂駅から奈良交通バス和束木津線和束行きで20分、中和束下車。

◉宇治川

京都府宇治市付近（琵琶湖を水源にした瀬田川の下流。京都府内に入り、宇治川となる）

もののふの　八十《やそ》氏河《うぢがは》の　網代木《あじろぎ》に　いさよふ波の　行く方《へ》知らずも

柿本人麻呂（巻三―二六四）

（もののふの多くの人、その氏――宇治川の網代の木にただよいつづける波のように、行末のはかり難いことよ。）

宇治は大和と山城とを結ぶ道にあって、かつ宇治川の急流を渡らなければならなかったところだから、古来旅の歌に多くよまれてきた。『源氏物語』のなかに、子どもが溺れて死んだというくだりがあるほどに、渡るのがむつかしかったから、川岸に旅人がとまることも多かったであろう。朝廷の離宮もいとなまれたらしく、「宇治の京《みやこ》」（巻一―七、七九頁参照）と額田王によまれたほどであった。五世紀のころには菟道稚郎子《うじのわきいらつこ》の宮があり、それをひきついだ離宮であったろうか。いま下居《しもい》神社の社地が離宮あとだとされる。

宇治に藤原頼通が造営した平等院、鳳凰堂があることはよく知られている。池を距てて見る繊細・優美な姿は万葉ふうからは遠いが、そこを訪れ、菟道稚郎子の墓をたずねるのも一興であろう。いかに疑わしい墓だとしても。

宇治川では、すでに人麻呂のころから網代《あじろ》をしかけて氷魚《ひお》を獲ることがおこなわれていたらしい。人麻呂が近江から上京してきたときも、水は網代の木にからまってはたゆたい、また流れを去っていたようである。宇治川の水は激しい水流である。

この一瞬のたゆたいと激しい落下はさながらに人麻呂の心境であった。いまという一瞬に自分はいる。それはとどまった時間のようでいてたちまちに未来へ向かって流れてゆく時間である。

私の見るところ、人麻呂はつい先ごろ近江旧都の荒廃を見てきたらしい。呆然とするばかりの現在、そして思いめぐらせればさらに漠々と広がる不安な将来が、行く方も知れず続いている。一瞬一瞬は静止しているごとくに見えながら、実はたゆみなく流れ去ってゆく時間というものへの不安を、これほどみごとにとらえた歌も、また少ない。実は人麻呂にとって「行く方知らず」とは人の死に出会ったときの不安を表現することばでもあった。

【交通】ＪＲ奈良線宇治駅下車。

◉久邇

京都府相楽郡加茂町大字例幣

今造《つく》る　久邇《くに》の都は　山川の　清《さや》けき見れば　うべ知らすらし

大伴家持（巻六―一〇三七）

（新しく作る久邇の都は、山や川の清らかさを見ると、まことにもここを都として君臨なさることと思われるよ。）

聖武天皇は天平十二年（七四〇）に久邇《くに》（恭仁）京《きょう》を帝都と決め、四年後の十六年二月に難波を皇都とする宣言を発したので、この四年二カ月間を久邇京時代という。ただし天平十五年十二月に久邇京造営が中止されているから、寿命はさらに短い。

しかし都が奈良から久邇へ移ったことは画期的な出来事であった。何しろここは狭隘の地で、奈良のような条坊をもつ都など最初からできるはずはない。大極殿《だいごくでん》を泉川（いまの木津川）の北岸（いまの京都府相楽《そうらく》郡加茂《かも》町大字例幣《れいへい》）におき、朱雀大路《すざくおおじ》は川を横切って南岸に達するものだったらしいから、大がかりに泉川をとり入れた水上都市だったということになろう。これは従来の帝都観をまったく変えたものだった。

また、百官が奉仕する各役所が、軒をつらねて一大内裏《だいり》を形成するというわけにもいかない。要するに天皇中心のごく一部の行政機関がこの地にあって、ほかは奈良山をへだてた南の旧都にあるというのだから、中国の壮麗な都城観は影をひそめて、もっぱら優雅に生活を楽しむ天皇の生活空間が重要視されるようになったのである。中国、唐代の都でいえば長安の都の大明宮を、さらに大がかりに山をへだてて営んだといってもよいだろう。唐制の模倣からの脱出といってもよいかもしれない。

それなりに久邇京は自然を満喫する居住空間であり、それを前提としたうえでの大宮人の生活が泉川のほとりに出現した。泉川の南岸の鹿背《かせ》山にも北岸の狛《こま》山にもウグイスやホトトギスが鳴き、宮殿をとりまく山々には春の花、秋の紅葉が美しかった。

そして中心を流れる川は清流をたたえ、清らかな響きをたてる。この清らかな風景こそ新たに造営する都にふさわしいものだと、大伴家持は考えたのである。

いまはすでに草深い旧跡だが、そこから清音を聞きとめることも回顧の旅の一こまとなろう。

【交通】ＪＲ関西本線加茂駅から奈良交通バス和束行きで５分、岡崎下車。

◉奈良の手向

奈良県奈良市歌姫町

佐保《さほ》過ぎて　寧楽《なら》の手向《たむけ》に　置く幣《ぬさ》は　妹《いも》を眼離《めか》れず　相見《あひみ》しめとそ

長屋王《ながやのおほきみ》（巻三―三〇〇）

（佐保を通りすぎ寧楽山の峠に手向けとして置く幣は、長旅にはさせないで早く帰って妻にいつも逢えるようにしてくださいと祈ることだ。）

長屋王《ながやのおおきみ》とは高市皇子《たけちのみこ》の皇子、天武天皇の孫にあたる人だが、聖武天皇のもとにあって、左大臣の要職を占めた人物である。

しかし王はたんに政治家であるばかりでなく、文学を愛し、外国からの使臣たちをわが邸宅に招いて詩宴をはることもしばしばであった。王の邸宅は佐保《さほ》にあり、佐保楼と称した。もとより、みずからも漢詩をよくした。

ただ、痛ましいことに王は反対派の中傷によって邸宅を軍兵に囲まれ、自刃《じじん》して果てた。一族のことごとくが殉死した。

その王の運命を思ってみると、この歌はうらはらな人間的なやさしさにみちていて、過酷な政治家の裏側の一面がうかがわれる。わが愛する妻といつも会えるように、無事に旅から帰れることを、王は寧楽《なら》（奈良）の峠の神に祈った。「佐保過ぎて」とは、わが家を出て旅に赴くことをいったものである。

この寧楽の手向《たむけ》がどこだったか、いまはもうわからない。しかし現在奈良から山城へと歌姫町を通る道がつづいていて、ほとんど坂とは気づかないほどの傾斜をもって高みを越す。手向とは峠を越えるときに神に物を供えるところから、峠のことをいうようになった。

この歌姫越えの峠のところに添御県坐神社《そうのみあがたにいますじんじゃ》がある。いかにも閑寂な、いささかの森のなかに鎮座する神で、ここに幣《ぬさ》を手向けて旅立っていった長屋王を想像するのに、ふさわしい。詮議をし出すと、この神社もふたしかなのだが、歌姫という名といい、小さな森といい、またゆるやかな街道といい、この道すじは柔和なたたずまいのなかにあって、古代への夢をはぐくんでくれる。

ぽくぽくと歩くと長屋王の愛の心もしのばれ、自刃して果てた運命がいっそうかなしく思われてならない。

【交通】ＪＲ関西本線平城山駅下車。

◉奈良の明日香

奈良県奈良市芝新屋町

故郷《ふるさと》の　飛鳥《あすか》はあれど　あをによし　平城《なら》の明日香《あすか》を　見らくし好《よ》しも
坂上郎女《さかのうへのいらつめ》（巻六―九九二）

（古京となった飛鳥もよいけれども、青丹よき奈良の明日香を見るのもよいことよ。）

「奈良（平城）の明日香《あすか》」とはいまの奈良市芝新屋町《しばのしんやちょう》あたりのことである。奈良への遷都にともなって明日香の元興寺《がんごうじ》がここへ移転してきた。

元興寺は飛鳥寺《あすかでら》ともいわれるほどの明日香の中心で、そのあたりを「奈良の明日香」と称したのも、よく理解できる。

作者坂上郎女《さかのうえのいらつめ》はほぼ七〇〇年ごろの生まれである。だからもう明日香が都だったころは知らないが、何かと心の故郷となっていたのが、この時代の人々にとっての明日香であろう。坂上郎女の場合は奈良へ移ったのが十歳ごろの少女だったのだが。

しかも歌によると故郷の方が本当はよくて、奈良の明日香は見るのがよいというにすぎない。元興寺のりっぱな伽藍《がらん》をほめる気持ちが強い。

いま元興寺は昔の偉容を残していないが、それにしても五重塔跡などは堂々たるもので、その大きさがしのばれる。もう周りはすっかり町屋に囲まれてしまったが、小さな戸を開けてもらってなかに入り、しばらくあたりを歩くのも快い。

もう一つ、極楽坊も屋根瓦の行基葺《ぎょうぎぶき》が古風で歴史を感じさせる。ふと、扉が開いて、万葉時代の僧が出て来そうな錯覚をもってしまう。

万葉に、

白珠《しらたま》は　人に知らえず　知らずともよし　知らずともわれし知れらば　知らずともよし

（白珠は人に知られない。しかし、知られずともよい。たとえ人が知らなくても、自分自身が知っているのなら、人が知らなくてもよい。）

という元興寺の僧の歌（巻六―一〇一八）があるからである。

いや、あたりの町並みも歴史が浸透していていかにも物静かで奥ゆかしい。私がもっとも好きな奈良の一画の一つである。

【交通】元興寺極楽坊＝近鉄奈良駅・ＪＲ奈良駅より徒歩。

◉法華寺

奈良県奈良市法華寺町

古《いにしへ》の　ふるき堤《つつみ》は　年深《としふか》み　池のなぎさに　水草《みぐさ》生ひにけり

山部赤人《やまべのあかひと》（巻三—三七八）

（昔の古い堤は、主をうしなって年久しく、池の渚には水草がはえたことだ。）

いま、奈良市に宮跡庭園として曲水《きょくすい》の池を復元したものがある。もとの平城京左京三条二坊、内裏《だいり》のすぐ近くで、いずれ高官の住宅であっただろう。まことにみごとで、当時の貴族の優雅な生活がしのばれる。

藤原不比等《ふじわらのふひと》は死後正一位と太政大臣の官とを贈られた、位人臣をきわめた人物だったから、その住まいも贅《ぜい》をつくしたものであったろう。不比等の死後、その庭園をよんだ歌がこの一首である。歌によると「山斎」とよばれた、池をほり山を築いた庭園であったらしく、その地はいまの法華寺や隅寺《すみでら》のあたりといわれている。

不比等の死後、三女に当る安宿媛《あすかべひめ》すなわち光明《こうみょう》皇后が邸宅を継承して皇后宮とし、のち寺として法華寺と称したのである。

赤人は池のほとりにはえた雑草を目ざとく見つけて、そこにあるじを失ったあとの荒廃を感じる。歳月がたって水草がのびるにまかせるというのは、柿本人麻呂のころ以来の伝統的な廃墟のうたい方であり、死者への哀悼をこめた表現であった。不比等の死は養老四年（七二〇）、その後数年の間の作であろうか。

法華寺は尼寺だから、たたずまいがやさしい。南門を入ったところにも池があり、また奥書院にも池があって、かりにこれらを手がかりとして赤人の歌をしのぶのもよいであろう。しかし法華寺での見物はむしろ別にある。一つは本尊の十一面観音。作は平安初期まで下るし、表情もエキゾチックだが、光明皇后の姿が二重写しになるのを、避けがたい。意志的な顔立ちである。

もう一つは維摩《ゆいま》大士の木像。この思索者はやや顔を傾けて、深い瞑想のなかにある。山《やまの》上憶良《うえのおくら》が敬慕したらしい聖者で、いつまでも見飽きない深さがある。

【交通】ＪＲ関西本線奈良駅、近鉄奈良駅から奈良交通バス西大寺行きで10分、法華寺前下車。

◉纏向

奈良県桜井市の辻・出雲・白河にまたがる巻向山

あしひきの　山川《やまがは》の瀬の　響《な》るなへに　弓月《ゆつき》が嶽《たけ》に　雲立ち渡る

柿本人麻呂の歌集（巻七―一〇八八）

（あしひきの山川の瀬音が激しくなるにつれて、弓月が嶽に雲の立ち渡るのが見える。）

「柿本人麻呂の歌集」は人麻呂が自作、他作をとりまぜて集めたうえに、後世の人麻呂仮托《かたく》の作まで入っているから、作者がだれかわかりにくいのだが、これは人麻呂自身の歌だと思われる。

いましも山川に水音が高くなる。と同時に遠く望まれる弓月《ゆつき》ガ嶽《たけ》の頂上にも、雨雲がたちこめてくる、という一首である。すでに山中には雨が降っているのであろう。そのために増した水量が騒然とひびいてくる。驟雨《しゅうう》、到らんとする前のあわただしい気配を巧みにとらえた名歌である。

山川とは纏向《まきむく》川、別名穴師《あなし》川。纏向山から流れ出て穴師の里を通り、三輪川（泊瀬《はつせ》川）に流れおちる。その纒向山の主峰が弓月ガ嶽である。すでにふれたが斎槻《ゆつき》（神聖なケヤキ）があったからとも、ふもとに渡来族の弓月の君が住んだからだとも伝える。穴師とは鉱石を掘る者のことであろう。ここにある兵主《ひょうず》神社は渡来神をまつる神社である。

穴師の里は、いまももの静かな里である。このあたりが三輪そうめんの本場だというだけあって、纒向川の流れはあくまでも澄んでいる。それほどに急傾斜をもって山水が流れおちてくるのだろう。だから山中の変化にも、この川は敏感だった。

弓月ガ嶽は穴師の里を、ずっとのぼっていかないと見えない。纒向川に沿って村の道をたどると、三輪山のふもとをめぐってきた道とぶつかる。そのあたりで頭を出すのが弓月ガ嶽である。

そこからさらに道をのぼるのもよい。右にそれて三輪山へと道をたどるのもよい。「纒向の檜原《ひばら》」もすぐ近くである。春先、纒向は桃の花が美しく、平和な風景にみちる。万葉びとが「子らが手を　巻向山」（巻七―一〇九三、五六頁参照）とうたった、愛の温かさも感じられる里が纒向である。

【交通】穴師の里＝ＪＲ桜井線巻向駅下車、弓月ガ嶽（巻向山）へはさらに歩く。

◉海石榴市

奈良県桜井市金屋

紫《むらさき》は　灰指《さ》すものそ　海石榴市《つばいち》の　八十《やそ》の衢《ちまた》に　逢へる児《こ》や誰《たれ》

作者未詳（巻十二―三一〇一）

（紫の染料は灰汁を入れるものよ。灰にする椿の、海石榴市の八十の辻に逢ったあなたは何という名か。）

「海石榴市《つばいち》」とは、三輪山のふもと、いまの桜井市金屋《かなや》のあたりである。椿が植えられ、市がおこなわれた場所だったから、人々はこう称した。いま椿市観音という小さな一堂があり、参道の路傍に「海石榴市観音」と書かれた石標などがあって、昔をしのばせてくれる。

市では歌垣《うたがき》もおこなわれた。柿本人麻呂の軽の妻の歌が残されているのも、その証拠の一つだし、当の海石榴市でも、皇太子時代の武烈天皇が、平群鮪《へぐりのしび》と影媛《かげひめ》を争った故事が『日本書紀』に見える。海石榴市は初瀬川ぞいの地で、下流に巻向《まきむく》川が流れ込む三角地帯のなかにある。歌垣はそうした地形で多くおこなわれた。

万葉の歌も歌垣で女の気を引く男歌である。女歌と一対になっており、女歌は

たらちねの　母が呼ぶ名を　申《まを》さめど　路《みち》行く人を　誰と知りてか　（巻十二―三一〇二）

（たらちねの母が私を呼ぶ名を告げもしようが、さて道の行きずりのあなたを、どんな人と知って告げるのでしょう。）

という。

歌意はいささか卑猥である。紫色の染料は紫草の根に灰を加えて得る。歌の場合、女は紫。紫の女といわれれば最高の賛辞だが、さてそのように美しい女となるためには灰をさす必要がある。きたない灰とは男すなわち自分である。「あの美しい紫だって灰をさす必要がある。だから私と結婚しなさい――あなたの名前をいいなさい」というのである。紫の女といわれた気持ちよさが女心をくすぐる。自分を灰男だといったユーモアが女を笑わせ、心をはずませる。そのうえ「さす」ということばが刺激的で胸をドキドキさせる。いかにも雑踏のなかでの求婚歌らしい。

これに答えて名を告げれば求婚に応じたことになる。しかし女はちゃんと一矢を報いる。「教えたっていいけど、あなたの名前を私は知らないわ。道の行きずりに、ちょっと逢っただけじゃ、いえないわ」と。自分から先にいえというのである。

【交通】近鉄大阪線・ＪＲ桜井線桜井駅またはＪＲ桜井線三輪駅下車。

◉吉隠

奈良県宇陀郡榛原町

降《ふ》る雪は　あはにな降りそ　吉隠《よなばり》の　猪養《ゐかひ》の岡の　寒からまくに
穂積皇子《ほづみのみこ》（巻二―二〇三）

（降る雪は多く積もるな。吉隠の猪養の岡に眠っている皇女が寒いだろうものを。）

悲恋物語が好んで人々に語られつづけるのは、古今を通じて変わらない現象である。万葉の穂積皇子《ほづみのみこ》と但馬皇女《たじまのひめみこ》との恋もその一つで、万葉びとは但馬皇女の遂げられぬ恋の嘆きを、何首かの歌をとおして伝えついだ。あなたが出かけていったあとから追いかけていこうとか、心乱れて朝の川を渡るとかという歌々を。

しかし一方の穂積皇子の歌は一首もとどめられていない。恋もやんだであろう、何年かたったあとに但馬皇女が死んだとき、初めて口をひらくまでは。

この一首はそうした皇子の、たった一首の歌である。

だから一首は、心の全重量をかけたかのように、深い悲しみと限りない愛情とを語っている。題詞によるとこの日は雪の降る日だったらしい。皇女の墓所を望見した皇子が悲傷して涙を流し、一首を口ずさんだという。一首は冷たく眠る恋人に、思わず呼びかけてしまったような真率さがある。

吉隠は桜井市。その隣の榛原《はいばら》町角柄《つのがわら》の国木山あたりが猪養の岡だろうとされている。榛原の駅から西、泊瀬《はつせ》路は住坂を越したあたりである。いま皇女の墓はどことも知られないが、ちょうどそのあたりに志貴皇子《しきのみこ》の妃、橡姫《とちひめ》の墓があって、皇女をしのぶことができる。泊瀬路から山道を北に入り、長く歩いたあとに石段を何十段も登ったところである。猪養は猪を食用に供するために飼う部民のいたところであろうから、辺鄙な山間部だったと思われる。その遠さも皇子を嘆かせたことであろう。

死を境として高貴な身は人跡もまれな山地のわずかな空間に密閉される。しかもいま、その墳墓を雪が埋めつくそうとしている。身の冷たさを口にしたのは、皇子がその温かかった肌を思い出していたからにちがいない。

【交通】近鉄大阪線榛原駅下車。

◉香具山

奈良県橿原市南浦町

ひさかたの　天《あま》の香具山《かぐやま》　このゆふべ　霞《かすみ》たなびく　春立つらしも

作者未詳（巻十—一八一二）

（久方の天の香具山には、この夕方霞がたなびいている。春になったらしいよ。）

香具山《かぐやま》は大和三山の一つとして、あまりにも有名である。高さ一四八メートル、しかも多武峰《とうのみね》から尾根つづきに流れてくるから独立の山容を誇るというのでもない山が、こんなに尊ばれ、人々に名を知られているのは、もっぱらこの山の、古来の信仰による。

香具山は天から降ってきた山だといわれ、大和を支配しようとする者がこの山の土を手に入れようとし、天皇はこの上に立って国見をした。

そもそもカグというのは火の輝く山だと古代人が考えたからである。人々はここに集まってカガイという遊びに興じ、火をたき、農作の豊かさを祈った。

同じような山は各地にあるが、どうも東方の、太陽の輝く方向の山で、しかもミホト（陰）

とよばれる谷間をもった山が、選ばれ、尊ばれたらしい。豊かな生産を暗示するからである。だから香具山はもちろん、女山である。

香具山に、畝傍《うねび》、耳梨《みみなし》という二つの男山が恋したことも有名だろう。妻あらそいの伝説は、大和の人々の民話のなかでも、香具山が愛され親しまれてきたことを示している。畝傍山は見るからに男々しい山である。香具山が心ひかれるのも当然だろう。

しかし二つの間にある耳梨が異議申立てをして争いになったとは、いかにもほほえましい。耳梨だって端麗でなかなか男前である。しかしハンサム男は力がない。美女と野獣が似合いなのである。

作者未詳の一首も、十分に女らしく柔和な香具山をとらえ、春の情感を山に感じている。佐保《さほ》山が春の女神となったように、香具山も春が一番香具山らしいかもしれない。しかも夕霞があたりをこめている。大和国原全体が春の喜びにあふれるように、靉靆《あいたい》たる霞みのなかにある。のちに後鳥羽院《ごとばいん》が本歌としたように、美しい一首である。

【交通】近鉄橿原線畝傍御陵前駅または近鉄大阪線耳成駅、ＪＲ桜井線香久山駅下車。

◉泣沢

奈良県橿原市下八釣町

泣沢《なきさは》の　神社《もり》に神酒《みわ》すゑ　禱祈《いの》れども　わご大君は　高日知らしぬ

柿本人麻呂（巻二―二〇二）

（泣沢の女神に命のよみがえりを願って、神酒を捧げて祈るのだが、わが大君は、高く日の神として天をお治めになってしまった。）

泣沢《なきさわ》は香具《かぐ》山の西麓である。いまも古びた社殿があって、畝尾都多本《うねおつたもと》に坐す泣沢女《め》神社とよばれているが、『古事記』によると、最愛の妻イザナミを失ったイザナキが死体のまわりをごろごろころがって嘆き悲しんだとき、その涙から生まれたのが、泣沢の女神だという。死者を悲しむ愛の涙の化身が、この女神だという神話は美しい。

実はこの女神の正体は泉である。本殿は泉を建物でおおったものだ。香具山の山すそで、ほとりは低温地だから、ここは昔、音を立てて泉が湧き出る沢だったのであろう。だから鳴沢といった。これを泣沢と書くと、またしても愛の神話を思い出すではないか。

それにしても、なぜ泉が愛の神なのか。古くしかも遠く、メソポタミアのギルガメシュ伝説には、死者を復活させる泉が西方にあったという。この伝説がシルクロードを通って日本にも伝えられたか。同じく死者を蘇らせる泉が日本でも信じられ、それを泣沢の泉と考えたのであろう。あのイザナキの涙も、ただ悲しみの涙だったわけではあるまい。よみがえれという願いをこめた涙だったのである。

同じ願いをもった人に柿本人麻呂がいた。高市皇子《たけちのみこ》がなくなったときに、泣沢の神に神酒をそなえて祈ったのに、ついに皇子はなくなってしまった、という。ただ、この歌は別の伝えがあって、草壁皇子《くさかべのみこ》がなくなったときに、檜隅女王《ひのくまのおおきみ》が泣沢の神を怨んだ歌だとある。女王の立場に立って人麻呂が一首をつくったのであろう。そしてまた、高市皇子の葬儀にも歌い添えられたものと思われる。

それにしても、死者は本当によみがえらないのだろうか。愛の涙が死者蘇生の力をもつという神話は、愛が死をすらしりぞける力をもつという信念を語っているように思える。

【交通】近鉄大阪線耳成駅またはＪＲ桜井線香久山駅下車。

◉八釣

奈良県高市郡明日香村八釣

矢釣《やつり》山　木立《こだち》も見えず　降《ふ》りまがふ　雪のさわける　朝楽《あしたたのし》も

柿本人麻呂（巻三―二六二）

（矢釣山の木立も見えぬほどに降りまがう雪の乱れふる朝は楽しいことです。）

どこからでも目に付く飛鳥坐《あすかにいます》神社の森を、いまの飛鳥の中心と考えてよいであろうか。すると、その北東に見える山が八釣《やつり》（矢釣とも書く）山であり、この山裾をまわって西流する小川が矢釣川である。八釣という集落がこの途中にある。

あるとき八釣川沿いに道をたどっていて、弘計《おけ》神社なる社に出会った。弘計皇子つまり顕《けん》宗《ぞう》天皇は八釣の宮にいて天下を治めたといわれているから、そのゆかりをとどめたものであろう。――ただ、これは誤りで、河内飛鳥のどこかだろうという意見が強い。

その真偽はともかく、八釣は山間の、いかにも落ち着いた集落で、静かに暖かい。たっぷりと古代を湛えたようなところである。

その八釣山を柿本人麻呂がよんで、秀歌をのこしている。天武天皇の皇子、新田部皇子《にいたべのみこ》に献上した長歌の反歌がそれで、揭出の一首である。長歌は、皇子の宮殿の上に天空を流れ来ては降りしきる雪があり、その雪のように止む時もなく皇子の宮殿にかよいつづけてお仕えしようという。この雪をうけて、反歌をよんだ。

だから八釣山の木立もおおい隠して降りみだれる雪は、皇子への奉仕が永遠であることの象徴であり、そのゆえに雪のみだれ降る朝が悦楽にみちたものとなったのである。

新田部皇子の宮殿は八釣山を間近に仰ぐ位置にあったのだろう。宮殿を包む雪から視線を移していったときに、八釣山の雪を人麻呂は目にした。雪はこの当時、豊かな収穫の前ぶれと考えられていたから、その瑞祥《ずいしょう》としての雪が皇子の前途の祝福と重なっていることは、いうまでもない。

人麻呂はこの雪を、騒ぐといった。もちろんこれは音を意味することばである。人麻呂は雪の秘めた音楽を聞きとめていたのである。

【交通】近鉄大阪線・ＪＲ桜井線桜井駅から奈良交通バス35系統で15分、八釣下車。

◉檜前

奈良県高市郡明日香村檜前一帯

左檜《さひ》の隈《くま》　檜の隈川に　馬駐《とど》め　馬に水飲《か》へ　われ外《よそ》に見む

作者未詳（巻十二—三〇九七）

（檜の隅の檜の隈川に馬をとめて、馬に水を飲ませよ。私は外ながら見よう。）

檜《ひ》の隈《くま》はいま「檜前《ひのくま》」と書くのがふつうで、明日香《あすか》村の西端一帯の地名である。古来、墳墓が多くいとなまれたからであろうか、「さ」という神聖を意味する接頭辞をつけて、「さ檜の隈」とよばれた。

「隈」といわれるだけに山地に入りこんだ土地で、われわれは丘陵を上り下りしながら、幾つかの墳墓を訪れることになる。天武・持統の合葬陵や、文武天皇の陵などを。

草壁皇子《くさかべのみこ》の真弓の陵も檜前の一部で、

夢《いめ》にだに　見ざりしものを　おほほしく　宮出《みやで》もするか　佐檜《さひ》の隈廻《くまみ》を（巻二—一七五）

（夢にだに想像しなかったものを、心も晴れず宮への出仕をすることだ。檜の隈の地を。）

というのは、その死をいたんだ歌の一つである。

まこと、檜前は王家の谷といってもよいだろう。

しかし万葉ではむしろここに住む人々の愛誦した民謡を二首も載せる。掲出の一首もそれで、帰って行く男に向かって女が檜前川で馬に水を飲ませよ、という。せめてその間だけでも姿を見ていられるからだ。そんないじらしさと思いつきのおもしろさがもてはやされた歌で、実はそういってほしい男の願望が生んだ歌である。男はプレイボーイ気取りなのである。

もう一首、

さ檜《ひ》の隈《くま》　檜隈川《ひのくまがは》の　瀬を早み　君が手取らば　言寄《ことよ》せむかも　（巻七―一一〇九）

（檜の隈を流れる檜の隈川の瀬が早いからとあなたの手に縋《すが》ったら、人々は言いたてるだろうかなあ。）

も同じで、川渡りに足を滑らしそうになって男の手をつかんだら、人から恋の噂をたてられるだろうかというのだが、実はそれを半ば願いながらうたう、民謡である。リズミカルな檜前のくり返しだけでも、もう若者たちの心をわくわくさせた。こんな心を湛えながら、檜前川はいまも野面《のづら》をのどかに流れている。

【交通】近鉄吉野線飛鳥駅下車。

◉二上山

奈良県葛城市當麻・大阪府南河内郡太子町

うつそみの　人にあるわれや　明日《あす》よりは　二上山《ふたかみやま》を　弟世《いろせ》とわが見む
大来皇女《おほくのひめみこ》（巻二―一六五）

（現し身の人である私は、明日からは二上山をわが弟と見ようか。）

いかにも大和を大和らしくしている山が二上山《ふたかみ》だといっていいだろうか。二上山を見ないかぎり大和へ来たという気がしないし、二上山を見ているかぎり、大和に抱かれているという安らぎを感じていられる。

なるほど、お誂えむきに西空に二つ、頭を並べていて、どこからでも目につく。そして見るたびに人々をして大津皇子《おおつのみこ》やその姉、大来皇女《おおくのひめみこ》のことを思い出させる。二人が早くから孤児であったり、義理の母から迫害されたあげく殺されてしまっているのだから、これ以上の演出効果はない。しかも弟は文武に秀で、姉はまた神に仕える聖女でことのほか弟思いだったということになれば、心ひかれない日本人はいないだろう。二上山は、この皇子を葬ったところだという。

だから姉は幽明境《ゆうめいさかい》を異《こと》にしたいま、山そのものを弟と思おうとうたう。当然、人間と自然とが一体だったこの時代の信仰が働いていようが、さらに二上山とは妹背《いもせ》の山が合体したものだから、雌岳は自分、墓のある雄岳は大津だとして、その雄岳を「いとしい弟と見よう」といったことになる。

夫婦のような愛情が二人の間に流れていると思ってもよい。

大津は天武天皇の死後皇位を狙ったとして罰せられた皇子だから、そんな罪人を聖山の頂に葬るはずはないという考えもある。

しかし怨霊となって祟るべき死者だからこそ聖山に葬ったのだろうし、本来は、もう一つふもとに詣り墓があったにちがいない。その上の奥の奥津城《おくつき》（墓）が山頂にあっただろうか。

太陽は二上山を目がけて沈む。古代人は太陽が入っていく門を想像したから、二上山は落日の門でもあった。一日の大和の旅の果てに、そんな夕景を眺めるのも、示唆深い古代への旅の一つである。

【交通】近鉄南大阪線二上神社口駅または当麻寺駅から徒歩。

◉宇智

奈良県五條市

たまきはる　宇智《うち》の大野《おほの》に　馬並《な》めて　朝踏ますらむ　その草深野《くさふかの》

中皇命《なかつすめらみこと》（巻一―四）

（霊魂のきわまる命《うち》――宇智の広々とした野に馬をつらねて、朝、踏んでおられるでしょう。その草深き野よ。）

舒明《じょめい》天皇（在位六二九～六四一）が宇智《うち》の野で狩猟をしたことがあった。狩猟といっても、これは薬草などをとる「薬猟《くすりがり》」とよばれるものだったらしい。端午の日（五月五日）の行事、夏も汗ばむほどの季節である。そのさわやかな払暁、天皇の狩猟への出発をことほいで中《なかつ》皇命《すめらみこと》が一首の長歌を献上した。右はその反歌である。中皇命は普通名詞だから諸説あるが、間人皇女《はしひとのひめみこ》だという説がよい。舒明天皇の皇女である。

「たまきはる」は霊魂が限りなくつづくことを意味し、「うち」（生命）を修飾する。それを同じ発音の地名につづけたものだから、こううたい出されるだけでも、生命感の躍動があろう。そこに朝露をふんで並んだ馬々のいななき、馬の背を隠すほど生いしげった夏草。みずみずしい歌である。

宇智は五條市、ＪＲ「北宇智」の北西に広がる丘陵地が狩猟のおこなわれた大野であろう。東方にむけてゆるやかに傾斜してゆき、やがて宇智川の岸にいたる地形である。その地、今井にある宇智神社は式内社の格式をもち、閑寂なたたずまいを見せる。宇智の宿禰《すくね》の祖神をまつる社だろうといわれる。

宇智には藤原武智麻呂《ふじわらのむちまろ》が建てたという栄山寺があり、武智麻呂の墓もある。とくにみごとなのは栄山寺の八角堂で、この天井や柱に描かれた飛天の画像はまことに美しい。

また宇智川にのぞむ崖には涅槃経《ねはんぎょう》の一節が刻まれている。「諸行無常《しょぎょうむじょう》　是生滅法《ぜしょうめっぽう》　生滅《しょうめつ》滅已《めつい》　寂滅為楽《じゃくめついらく》」という、あの「いろは歌」のもとになったものだ。むかし、これを川原におりて探したことがあった。やっと探しあてたそれは、もう風化してほとんど判じがたかったが、折しもの夕日に透かして翳をつくってみると、鮮やかによみがえってきた。

【交通】宇智＝ＪＲ和歌山線北宇智駅下車。栄山寺＝ＪＲ和歌山線五条駅より奈良交通バス栄山寺前方面行き10分、栄山寺前下車。

◉朝妻

奈良県御所市朝妻

子らが名に　懸《か》けの宜《よろ》しき　朝妻《あさづま》の　片山《かたやま》岸に　霞たなびく

柿本人麻呂の歌集（巻一〇―一八一八）

（いとしい子を名づけてよぶのもうれしい朝妻の、その山の岸に霞がたなびくよ。）

金剛《こんごう》・葛城《かずらき》のふもとを歩くのが好きだ。大和のどこよりも、古代が漂っているように感じられるからだ。

新庄の柿本神社から忍海《おしみ》の方に南下するのもよいが、高鴨《たかかも》神社のあたりを歩くのもよい。この神社の大銀杏が黄葉するのはみごとというほかない。

なかでも朝妻《あさづま》の地は「片山岸」とあるように次第に山へせり上がっていく地形にあり、見えかくれする大和国原《くにはら》をのぞみながら、足をとめるのもよい。

古く允恭《いんぎょう》天皇は「雄朝津間稚子宿禰天皇《おあさづまわくごのすくねのすめらみこと》」とよばれたから、ここは允恭天皇ゆかりの地でもある。さらに金剛山へと登ったところに高天《たかま》といって、神話の高天原《たかまがはら》だといわれる場所もある。

歴史的な背景は深い。

しかし万葉の一首は土地にうたわれた素朴な民謡である。彼らは朝妻山の岸に霞がかかるうららかな春景色をうたい平和な風土を祝福した。

いや春景だけがよいのではない。アサヅマという地名がよかった。「朝妻」とは共寝をしたあとの朝の妻のこと、たまたま地名のアサヅマと音を同じくするから、おもしろがって朝の妻を連想し、「わたしの恋人の名として口にするのもうれしい朝の妻」とうたった。

当時は別居婚がふつうで、何十年かしてやっと同居できる場合もある、といったふうだった。だから朝の別れのつらさもなく、共に妻といられることは、万葉びとにとってどれほどか幸福だったであろう。

「朝妻」の語には、そんな切ない願望がこもっている。

同居婚になれて、現代人はとかくこの幸福を忘れがちだが、万葉びとは豊かな情感をこめて、この地を朝妻とよび、一首をうたい合ったのである。


【交通】ＪＲ和歌山線・近鉄御所線御所駅から奈良交通バス五条バスセンター行きで15分、船路下車。

◉象山

奈良県吉野郡吉野町御園・喜佐谷

み吉野の　象山《きさやま》の際《ま》の　木末《こぬれ》には　ここだもさわく　鳥の声かも

山部赤人（巻六―九二四）

（み吉野の象山のあたりの梢《こずえ》には、多くさえずり合う鳥の声がひびくよ。）

赤人《あかひと》の名歌として知られるこの一首は、天皇の行幸に従って吉野にやどった折、夜明けとともにひびいてくる鳥のさえずりを耳にしてつくられたものと思われる。浄晨《じょうしん》のもろ鳥の清々しい声である。

おそらく赤人は吉野の離宮に奉仕していたであろう。いまの宮滝の地に、その遺構がみとめられる。

すると目の前にそびえるのが象山《きさやま》であり、三船山との間につくる象谷に沿って流れ来る小川が象の小川である。今は喜佐谷と書く。

象川はささやかな川だが、源を金峰《きんぷ》山と水分《みくまり》山とにもつという。吉野川に流れ落ちる小さな滝も、白々と美しい。

象谷をおりて来て宮滝に出るコースは私も好きだし、これを好む人も多い。何といっても清らかだからである。川も、谷間に広がる空も、谷そのもののたたずまいも。

途中に天武天皇をまつる桜木社という小さな神社がある。朱塗りの橋が水に映え、水面を鮎が泳ぎまわっている。

赤人の一首もこんな象のあり様をみごとにとらえた。昔からしばしばいわれる、この歌の寂寥感は、けっして物さびしくうらぶれた印象ではなく、静謐《せいひつ》でしかも快い姿として私には理解される。

何よりもこの歌は清なる吉野に行幸した天皇への賛美をこめた一首だからだ。鳥々がにぎにぎしくさえずりをあげて明けてゆく朝は、天皇を中心においた風景としていかにも豊かさにみちみちていて、喜ばしいのである。これと並べられたもう一首の歌ともども、鳥の声による天皇の祝福を意図したものである。太古、王たるものは鳥によって神意をうかがう異能者でもあった。

【交通】近鉄吉野線大和上市駅から奈良交通バス湯盛温泉杉の湯行きで15分、宮滝下車。

◉須磨

兵庫県神戸市須磨区

須磨人《すまひと》の　海辺《うみへ》常《つね》去らず　焼く塩の　辛《から》き恋をも　吾《あれ》はするかも

平群氏女郎《へぐりうぢのいらつめ》（巻十七—三九三二）

（須磨の海人《あま》がいつも海辺に焼く塩の如き、辛い恋をも私はすることです。）

須磨というと何か優雅な感じがするのは私だけであろうか。在原行平《ありはらのゆきひら》や光源氏がすみ、謡曲を通して行平と松風《まつかぜ》・村雨《むらさめ》との恋が語られる。また源平の合戦に若武者敦盛《あつもり》の悲話が伝えられるとなると、ここは濃く王朝のにおいがたちこめている。

しかし須磨は万葉の故地でもある。そして平安時代以後の優雅な都ふうのにおいとはまったく裏腹に、海人《あま》が塩を焼く、うらぶれた海岸として登場する。須磨をよむ歌三首、そのすべてが須磨の海人の塩焼きをうたったものである。

もちろん海人自身がうたうのではない。平群氏女郎《へぐりうじのいらつめ》のほか大網公人主《おおあみのきみひとぬし》、山部赤人が作者で、要するに都の人間が見た、片田舎が須磨であった。

そして、片田舎だからこそ流離者行平の物語がここに語られ、光源氏もここに流離するという筋が生まれた。

須磨の西は明石《あかし》だが、その間には鉢伏山《はちぶせ》が海岸まで張り出していて、両者は隔絶される。つまり須磨が都圏の末端で明石は異境のはじまりとして別物だった。行平や光源氏は都世界の最末端まで追いやられてしまったのである。

そこの海人の塩焼きを比喩としてわが恋のつらさをうたった平群氏女郎も、十分須磨の片田舎ぶりを知識のうえで知っていたであろう。その海人のわびしさを自分の身の上に重ねようとする、いささかの自虐性もほのみえる。

ただ塩と同じくらいカライ、というだけではあるまい。にがい思いのわが恋が、自分を塩焼き海人にしてしまうといいたいのである。

この恋の相手は大伴家持。いましも都をあとに越中に赴任し、余計わびしさがつのっている。

この訴えが家持を動かしたかどうか、答えの歌は残っていない。

【交通】ＪＲ神戸線須磨駅または山陽電鉄山陽須磨駅・須磨浦公園駅下車。

◉ 絶等寸

兵庫県姫路市本町の姫山か

絶等寸《たゆらき》の　山の峯《を》の上《へ》の　桜花　咲かむ春べは　君し思《しの》はむ
播磨娘子《はりまのをとめ》（巻九―一七七六）

（絶等寸山の嶺の上の桜花よ、やがて咲くだろう春のころは、あなたをお慕いすることだろう。）

『万葉集』のなかには地方に赴任した役人と、その土地の娘との悲恋の歌がいくつか残されている。一定の任期が終われば役人は都へ帰ってゆくのだから、恋は必ず悲恋に終わる。娘は別離の悲しみをうたわなければならない。

この歌もそんな一首で題詞によると石川大夫《まえつきみ》なる男性が都へ帰るときの歌だという。そのときよんだ女の歌は二首。もう一首は、

君なくは　なぞ身装《よそ》錺はむ　匣《くしげ》なる　黄楊《つげ》の小《を》櫛《くし》も　取らむとも思はず
（巻九―一七七七）

（あなたがおられずして、どうしてわが身を装いましょう。匣《はこ》に大切にしまう黄楊の小櫛も手にとろうとは思いません。）

である。女は、こんな別離のあとの虚しさに堪えながら、しかしもう一首で、桜の季節ごとに昔の男が思い出されるだろうとうたう。桜の花びらに包まれた、二人の思い出があるのだろう。われわれは、花びらを手にしながら昔をしのんでいる女の姿を絶等寸《たゆらき》の山に想像することができる。

ただ、残念なことに絶等寸の山がいまのどの山か、はっきりわからない。その強力候補と目される姫山に歌の趣をしのぶばかりだが、姫山は姫路城のある山、当時の播磨の国府の近傍である。

幸いなことに美しい姫路城がある。それを望見しつつ山のあちこちを散策すると、おのずからに美しい女心もしのばれてくる。春はいまも桜が美しい。私は何度かここを訪れては万葉の歌を思ったことだが、あるときは市の教育委員会のSさんの熱心な説明を聞きながら歩いた。その好意がほのぼのと、この一首のまわりを包んでいる。いま姫路城を背景に、私がこの歌を書いた歌碑がある。

【交通】ＪＲ山陽本線姫路駅または山陽電鉄山陽姫路駅下車。

◉飼飯

兵庫県南あわじ市松帆

飼飯《けひ》の海《うみ》の　庭好《にはよ》くあらし　刈薦《かりこも》の　乱《みだ》れ出《い》づ見ゆ　海人《あま》の釣船

柿本人麻呂（巻三―二五六）

（飼飯の海の海上は穏やからしい。刈りとった薦のようにあちこちから漕ぎ出して来るのが見える。漁師の釣船よ。）

万葉には淡路島の三つの地名が見える。松帆《まつほ》、野島、飼飯《けい》。ともに瀬戸内海を航行する船人や播磨への行幸に従った人々の目にふれた土地である。

この歌も瀬戸内海を船で下っていったらしい人麻呂の歌群に見えるもので、遠くから飼飯の海に漕ぎ出して漁をする釣り船を見かけて、海上の穏やかさを想像した一首である。入り乱れて漁をしているとうたうあたり、小さな船がさまざまに漕ぎだしているらしい。一つには漁のにぎわいを喜んでいる一方、珍しい異土の風景として旅愁を感じている心も察せられる。

実は先年、私はこの海岸で大きな落日を見た。松帆、野島とまわって飼飯へついたときにはもう日没のころだったのだが、折しも、太陽は炎の塊りとなって、しばらく空中を漂って姿を消した。それは美しかった。

飼飯はいま慶野《けいの》松原とよばれ、景勝の地として知られる。五色浜《ごしきはま》といわれる、砂浜の美しい海岸も、一面の松原のつづきである。私たちは日没後もこの海岸に立って、穏やかな海上を見ながら、みんなで人麻呂の歌を大声で朗唱した。いかにも太古がよび戻されるような無限に向かってのよびかけであり、また、たしかに虚空から返ってくるものを感じた。

こんな感動は、残念ながら松帆では経験できなかった。松帆は海岸近く煮干工場があって、一面に煮干が乾されていた。松帆の鼻を東へまわった海で採れるのだという。たしかにいまも「海人《あま》」の姿を見ることができたのだが、どうも万葉の海人とは結びつかなかった。

一方、野島はひなびた漁村で、それなりにのどかさはあったが、やはり慶野松原の道具立ては最高だった。

「飼飯の海の」と口ずさみながら「万葉って、いいですね」と目を輝かせた学生が忘れられない。

【交通】洲本から淡路交通バス鳥飼浦経由湊行きで50分、慶野下車。

◉熟田津

愛媛県松山市、道後温泉近く

熟田津《にきたつ》に　船乗りせむと　月待てば　潮《しほ》もかなひぬ　今は漕ぎ出《い》でな

額田王《ぬかたのおほきみ》（巻一―八）

（熟田津に船出をしようとして月ごろを待っていると、潮流もちょうどよくなった。さあ、今こそ漕ぎ出そう。）

古代日本が遭遇した最大の危機は、白村江《はくすきのえ》の敗戦であろう。六六三年、日本水軍は百済《くだら》の白村江において唐・新羅《しらぎ》の連合軍に敗退、百済は滅亡して、日本は連合軍来攻の脅威にさらされた。

この結果はもとより予想されたわけではない。時の斉明《さいめい》女帝みずからを戴き、朝廷は総力を結集して軍を白村江へ向けた。六六一年正月、大軍団は難波《なにわ》を進発して西下した。その途中十四日に伊予の熟田津《にきたつ》に寄港、朝廷は九州の博多まで大本営を進めた。

その折、三月に熟田津を進発した折の歌がこれである。

作者、額田王《ぬかたのおおきみ》は人も知る初期万葉の代表歌人、宮廷にあって即興の歌を披露したり、天皇の意を体して作歌したりした詞人であった。だから、この歌も天皇に代わってよんだもので、国運を賭けた会戦への進発に、まことにふさわしい気迫がみなぎっている。

この熟田津は、いまの松山市。道後温泉という、古来朝廷とゆかり深い地に女帝は三月をすごし、韓半島の情勢を判断してここの港から進発したと思われる。ただ、当時の港が松山市のどこであったかは和気町《わけまち》・堀江町《ほりえちょう》説、古三津《ふるみつ》説などに分かれ、ここと断定することはできない。

できないがいまの海岸に立って見ても、九州との間に速吸《はやすい》の門《と》を抱えた潮流を利用しながら、季節の風をあやつりつつ、一気に博多まで漕ぎ切ろうとする進発の緊張感が、大海のかなたから押しよせて来て、わが身をつつむ。

この歌の月を月の出とする説もあり、すると夜の航行となり、いっそうドラマチックになる。二月、三月と月を待ったという意味にもとれる。

【交通】道後温泉＝伊予鉄道道後温泉駅より徒歩。和気町＝ＪＲ予讃線伊予和気駅。堀江町＝ＪＲ予讃線堀江駅下車。

◉飫宇の海

島根県の中海

飫宇《おう》の海の　潮干《しほひ》の潟《かた》の　片思《かたもひ》に　思ひや行かむ　道の長道《ながて》を

門部王《かどべのおほきみ》（巻四―五三六）

（飫宇の海の引潮に現われる潟のように片思いをしながら行こうか。長い道のりを。）

飫宇《おう》の海とは、いまの宍道《しんじ》湖に接する中の海のことである。飫宇は当時の出雲《いずも》国府があった郡で、出雲郷《あだかえ》川とよばれる川は、もと意宇《おう》川といった。意宇川は中の海に注ぐ。

このとき門部王《かどべのおおきみ》は出雲の守として国府に赴任していたから、日々中の海を目にし、この岸にさし引きする潮を見ていたのである。

出雲は都から遠い。『延喜式《えんぎしき》』によると上り十五日、下り八日を要したというから、はるばるとやって来たという思いも強かったであろう。歌は潟《かた》ということばに「片思」がつづけられているが、「片思」という心細い感情に、中の海の鄙《ひな》びた風景が重なっていたにちがいない。

とくに出雲は神話の国である。「オウ」ということばは仮死状態をあらわす「ヲエ」と同じで、神が鎮まるときに発したことばだった。意宇郡の名の由来も、国づくりの神が作業を終えて「オヱ」といったからだという。

『播磨風土記』にも伊和の大神が「オワ」といって鎮座した記事があるし、『古事記』では神武《じんむ》天皇が山の神の妖気に当てられて「をえて」寝てしまったと伝える。

こんな神々の語りは、あのしんと静まり返った宍道湖のほとりに、まことにふさわしい。のちに小泉八雲《やくも》がここをこよなく愛したのも、神々のけはい立ちこめた湖畔だったからであろう。

門部王も太古の神話のけはいが、よけい片思いを沈静なものとしたにちがいない。そんな湖岸の道を、一人の少女を慕いつつ歩くというのである。王は別に、

飫宇《おう》の海《うみ》の　河原《かはら》の千鳥　汝《な》が鳴けば　わが佐保河《さほがは》の　思《おも》ほゆらくに　（巻三―三七一）

（飫宇の海の河原の千鳥よ、お前が鳴くと、わが家郷の佐保川が思われてならないのに。）

とよんでいる。望京の念にもかられながら、中の海の湖岸をたどっていたことが知られる。

【交通】中海＝ＪＲ山陰線東松江駅または安来駅下車。出雲国府跡＝松江駅から一畑バス風土記の丘入口行きで20分、風土記の丘入口下車。

◉高角山

島根県江津市島の星町

石見《いはみ》のや　高角山《たかつのやま》の　木《こ》の際《ま》より　わが振る袖《そで》を　妹《いも》見つらむか

柿本人麻呂の歌集（巻二―一三二）

（石見の、この高角山の木々のあたりから私の振っている袖を、妻は見ているだろうか。）

柿本人麻呂という『万葉集』最大の歌人は、石見《いわみ》の国（島根県）で死んだという。客死である。そして一方、人麻呂は石見の国から妻と別れて都へと旅立っていったという。この二つを結びつけると、人麻呂は愛に訣別を告げ、ほどなく、国外に出ることもなく死んだことになる。この愛と死にいろどられた旅が、人麻呂の生涯最後のドラマだった。

この歌はその別れの一首。

石見の国府を出立して江《ごう》の川のほとり（いまの江津《ごうつ》市）を経過し、高々とそびえる高角山（いまの島《しま》の星《ほし》山かという）を越えて旅をつづけるときに、残してきた妻への思慕にたえかねてうたったものである。

人麻呂はこの山を越えるとき、袖を振ったらしい。もちろん、妻の魂をよぶためである。魂がよび寄せられれば、わが魂と合体することができると信じられた。魂の交感こそが、当時の恋の成就であった。

実は、高角山は妻がいたと思われる石見の国府（いまの浜田市の東）から一〇キロも東へ離れている。「妹《いも》見つらむか」といっても、もちろん見えるはずはない。

だからいま「見る」というのは、具体的に目で見ることではない。魂がよばれていると心で知覚することである。

実際に見えるか見えないかを問題とせず、もっぱら魂を問題として行動し、信ずることの大切さを知っていた万葉びとの、心の確かさを思わずにはいられない。

この歌にもある種のひたぶるさがある。その一途さをしのびながら、私も高角山の山路を歩いてみたことがある。

すぐ下を流れる江の川が見え隠れしながら、道は頂上へと続いていたが、その曲折する道程が、そのまま思慕に屈折する人麻呂の心のように思われた。

【交通】ＪＲ山陰線江津駅下車。

◉鴨山

①島根県邑智郡美郷町　②島根県浜田市内の城山
③島根県益田市高津の鴨島

鴨山《かもやま》の　岩根《いはね》し枕《ま》ける　われをかも　知らにと妹《いも》が　待ちつつあるらむ

柿本人麻呂（巻二―二二三）

（鴨山の岩を枕として死のうとしている私を、何も知らずに妻は待ちつづけているだろう。）

輝かしい名声に包まれている歌聖、柿本人麻呂の末路がなぞの闇のなかにあるということは、人生にとってまことに暗示的であるかもしれない。人麻呂は都で安らかな死を迎えたのではなく、遠い石見《いわみ》の国で人知れず、生涯を終わったという。

そのとき、みずから死を悲しんでつくった歌がこの一首である。歌によると鴨山の岩を枕として死んだことになる。しかし一連の歌々によると石川で水死したともいい、海で死んだとも語り、また荒野に行き倒れたとも告げる。なぞに包まれた最期である。

終焉の地である鴨山は、古くから益田市内の鴨島（いまは地震のために水没して存在しない）と伝えてきたが、別に同県邑智《おおち》郡美郷《みさと》町の湯抱《ゆがかい》だとする説（斎藤茂吉）がある。小字内に鴨山がある。

前者にまつられていた柿本神社は水没後対岸の松崎に改められ、さらにのち、益田市内高津川沿いの高台に移建された。延宝九年（一六八一）のことである。いまこの神社はなかなかの偉容を誇ってそびえている。土地の人の厚い信仰が一帯の風景にとけ込んでいるような、安らぎが境内にただよっている。

一方、湯抱の地は石見大田《いわみおおだ》駅からほぼ一時間、長々とバスに揺られて山峡に入りこんだところである。

鄙《ひな》びた温泉宿の町を抜けると茂吉が鴨山だと推定した雑木山が見える。昔から土地の人に「かも山」と呼ばれてきた山である。日本各地の鴨信仰による山の一つであろう。

人麻呂の死をただちに結びつけることはむつかしいにしても、茂吉のロマンをしのぶのもまた一興である。

【交通】①ＪＲ山陰本線大田市駅から石見交通バス粕淵駅行きで45分、またはＪＲ三江線粕淵駅から石見交通バス大田市行きで10分、湯抱温泉入口下車。②ＪＲ山陰本線浜田駅下車。③ＪＲ山陰本線益田駅下車。

◉ 角島

山口県下関市豊北町大字角島

角島《つのしま》の　迫門《せと》の稚海藻《わかめ》は　人のむた　荒《あら》かりしかど　わがむたは和海藻《にきめ》

作者未詳（巻十六―三八七一）

（角島の瀬戸のわかめは他人といると荒々しかったが、私といっしょの時は和らかい藻《め》よ。）

角島《つのしま》あたりでうたわれた民謡と思われる一首は、なかなか言葉づかいが奇抜でおもしろい。この地でとれるワカメに若い女の音を重ねて、よその男には邪険な態度だけれども、自分にはやさしいという。この際アラメという、ワカメより質の悪い海藻があることも大事だろう。そしてニキメはやさしい女という音を重ねている。

もちろん民謡だから皆がうたう。つまり一人一人男はみんな「自分にこそやさしい」とうたうのだから、現実に誰というのでもない、願望にすぎない。しかし願望を現実にあえておきかえて、人々は一首を歌いながら楽しむ。

角島は今も角島といい、山口県は下関市の豊北町《ほうほくちょう》に属する小島である。向かい合う本土が島戸浦で、この間の迫門《せと》が「角島の迫門」である。いまここを「海士《あま》が瀬戸」というのは、漁師がさかんにもぐっては仕事をしたからであろう。アワビを採ったり、ワカメを刈ったりして。

実はいま、このあたりの明媚《めいび》な風光が注目されて、海岸にりっぱなリゾートホテルができている。そのダイニングルームの大硝子のなかに、角島は全貌を見せる。私はそれを眺めくらしたあと、アワビのステーキを食べたことがある。ボーイの話によると、いまでも瀬戸ではいっぱいワカメが採れるという。

そのころ角島に定期船が通っていた。島をめぐっても次の便には時間があった。あちこちをぶらぶらと歩きながら、ふんだんに落ちている浜木綿《はまゆう》の実を少々拾ってきた。大きく逞しい実だった。

平成十三年に角島大橋開通のため、定期船は廃止されたという。

【交通】山陰本線特牛駅からブルーライン交通バス角島行きで30分。

◉熊毛の浦

山口県熊毛郡平生町小郡から尾国のあたり

沖辺《おきへ》より　潮満《み》ち来《く》らし　可良《から》の浦に　あさりする鶴《たづ》　鳴きて騒《さわ》きぬ

遣新羅使人（巻十五—三六四二）

（沖の方から潮が満ちて来るらしい。可良の浦に餌を求める鶴が、しきりに鳴き立てるよ。）

天平八年（七三六）に新羅《しらぎ》へ向けて派遣された使者一行は困難な旅路を重ねた。無名のこの歌の作者もその一行の一人として、いま可良《から》の浦にやどっている。

この歌は「熊毛《くまげ》の浦」に碇泊した夜の歌四首のうちだから、可良の浦は熊毛の浦と同じか、もしくはその一部であろう。そもそもクマケはコマキのなまったもので、高麗《こま》人が来たところという意味と思われる。同様の熊来《くまき》という地名が能登半島にある。

もちろんカラも韓の字を当てるが、コマも同じことば。やはり朝鮮半島の地名だから、渡来船が碇泊した韓泊の意か、渡来者が住んだところか。大和の今城《いまんじょう》も今来、新しい渡来人の住居地らしい。

これらにふさわしい場所として山口県の室津があり、これと向き合う長島に上関《かみのせき》がある。室津を南端とする平生町《ひらおちょう》の小郡《おぐに》から尾国《おくに》あたりの海岸を可良の浦といったのだろうという説がある。付近にカラを名のる地名も多いからだという。

これを主張した大本信雄氏の白寿記念に立てた（昭和六十二年）万葉歌碑が尾国にある。歌は夜明けの一首、まだ明け切っていないのだろうか。鶴の鳴き声を主としたいい方になっている。いままで岸べで餌をあさっていた鶴が満ち潮に気づいてしきりに鳴き交わしているというのである。

ときは陰暦六月の半ばと推定されるが、そのころこのあたりに鶴は飛来して来ていたか。潮にせかれて鳴きさわぐ鶴の心細さは、さながら自分自身のものであった。鶴の音《たづね》にかけて、心がタズタズシイ（心細い）とうたった歌も別にあるから（巻四―五七五）、この作者にも同じ連想があったろうか。同趣の山部赤人の名歌（巻六―九一九）にくらべて稚拙だが、稚拙なりに心がしみて感じられるではないか。

【交通】ＪＲ山陽本線柳井駅から防長交通バス上関行きで35分、尾国下車。上関へは柳井港から定期船祝島行きがある。

◉志賀の島

福岡県福岡市東区志賀島

志賀《しか》の山　いたくな伐《き》りそ　荒雄《あらを》らが　よすかの山と　見つつ偲《しの》はむ

作者未詳（巻十六―三八六二）

（志賀の山をひどく伐るな。荒雄のゆかりの山として見ながら荒雄を偲ぼう。）

飛行機が博多へ入っていくとき、まことに美しく博多港を抱きかかえるように、東から西へとのびる岬が見える。実は先端が志賀の島とよばれる島で、岬のように見えるのは、海潮が砂を堆積させて島を陸つづきにしてしまったものである。その細長い道は「海の中道」といい、名前も美しいし、風景も美しい。車を走らせるとアメリカのキーウエストのミニ版のような印象もある。

しかし万葉時代には、志賀《しか》の島はまだ島であった。私がここを最初に訪れたときは船で渡ってみた。万葉体験がほしかったからだが、まるで隅田川の渡しのようなポンポン蒸気船で、いかにもうれしかった。いまは亡くなったK博士と二人旅だった。

志賀の島は志賀の海人《あま》の根拠地だった。だから朝廷でも海上輸送に彼らの操船術を頼むところ大きく、対馬の防人《さきもり》に食糧を送るときなどに利用された。志賀の荒雄《あらお》とよばれる男もその一人で、彼は不幸にも遭難して不帰の人となり、遺族たちを嘆かせた。いや正しくは、このとき任命された別の船頭に懇願されて、代わりに出かけた上での遭難だったから、人々の同情はより大きかった。

親しい人を失った者は、せめて、ゆかりある物をそのままとどめて、死者をしのぼうとする。この歌も荒雄のゆかりとして山の木を見る一首である。とくに当時造営が進んでいた観世音寺をつくるための伐採だとしたら、この朝廷の行為への抗議もこめられているであろう。そもそもが、朝廷の任命によって落命したのだから。林田正男さんが熱心に伐採説を主張された。

志賀の島の山は、こうした運命に泣く民衆の思いをひめて、今日も木々を茂らせている。いつまでも、いたく伐らないでほしい。

【交通】博多港より船。またはＪＲ香椎線西戸崎駅から西日本鉄道バス志賀島行きで60分、志賀島下車。

◉可也の山

福岡県糸島郡

草枕《くさまくら》　旅を苦しみ　恋ひ居《を》れば　可也《かや》の山辺《やまへ》に　さを鹿鳴《しか》くも
壬生宇太麻呂《みぶのうたまろ》（巻十五―三六七四）

（草を枕の旅がつらいので家を恋していると、可也の山辺で、さ男鹿が妻を恋して鳴くよ。）

すでにふれたように（二一八頁参照）、天平八年（七三六）六月に新羅《しらぎ》へ向けて出発した使者一行の旅路は、なぜか遅々として進まなかった。七夕を博多の港で迎える始末で、もうとっくに帰って来てもいい時期にまだ、日本を離れやらぬ状況であった。そうさせたものは何であったか。航行の不都合か誰彼の病気か。さらに大きくは外交関係の険悪さか。いずれにせよ旅の辛さを増加させるものである。壬生宇太麻呂《みぶのうたまろ》は、この折に大判官の役にあった人物で、五首の歌を残している。幸い命長らえて翌年一月帰朝、のちに但馬守《たじまのかみ》や玄蕃頭《げんばのかみ》をつとめるに到るが、掲出の一首は博多から糸島手島をまわってその西岸、引津《ひきつ》の亭《とまり》――今日の引津浦に碇泊したときの歌である。

引津浦から見る可也山はまことに美しい円錐形の山である。三六五メートル、小富士と愛称されるのにふさわしい。古代には神奈備山《かんなびやま》として尊崇されたにちがいないその姿が、引津浦の水面に映るのもよい。

しかし宇太麻呂は姿の美しさより、はるばるとやって来た旅路の長さを思いやって、都への恋しさをつのらせていた。その慕情を鹿の鳴き声が助長する。男鹿は女鹿を求めて、あの哀切な呦々《よう》たる声をひびかせるのだから、宇太麻呂も都に残してきた妻を思い出さざるをえない。

秋である。ときも夜であろう。船中に目ざめがちな夜をまどろんでいた宇太麻呂の許に、海上をわたって鹿の鳴き声がひびくのである。都とちがって野の鹿はいっそう多く、あたりに群れていたであろう。激しい求愛の鳴き声であった。

このとき同時に宇太麻呂がよんだもう一首も、妻を恋する歌である。

沖つ波　高く立つ日に　あへりきと　都の人は　聞きてけむかも　（巻十五―三六七五）

（沖からの波が高くうねり立つ日に遭遇していたと、都の人たちは聞き知っていたろうか。）

【交通】ＪＲ筑肥線筑前前原駅から昭和自動車バス芥屋行きで20分、引津小学校前下車。

◉松浦川

佐賀県東松浦郡、浮岳の南、七山村を水源に浜崎で海に注ぐ

松浦川《まつらがは》　川の瀬光り　鮎《あゆ》釣ると　立たせる妹《いも》が　裳《も》の裾《すそ》濡《ぬ》れぬ

大伴旅人（巻五―八五五）

（松浦川では川瀬が輝き、鮎を釣ろうとしてお立ちのあなたの裳裾は、鮮やかに濡れています。）

天平二年（七三〇）初夏、当時太宰府の長官だった大伴旅人《おおとものたびと》は一日の閑暇に松浦《まつら》川に遊んだ。『万葉集』に残されたその折の作品は無署名だが、おそらく旅人の作だろうと思われるほどに、華やかな夢想にみちたものである。

彼はここで鮎を釣る神仙の少女たちに逢ったという。まるで中国の仙境として有名な洛浦《らくほ》や巫峡《ふきょう》ででもあるかのよう。興に乗じて旅人は少女たちにプロポーズまでされたと語る。当時有名だった中国の小説『遊仙窟《ゆうせんくつ》』の構想や「洛水の賦」をまねたのである。

何が一体、これほどまでに旅人を空想の世界にさそい込んだのか。老いの身を都から遠い

太宰府に運んだうえにこの地で妻をなくし、ついで都での政変による不如意を経験したことが、彼を非現実の世界に遊ばせたのであろう。「洛水の賦」は亡妻を幻視する作品である。

松浦川はいま玉島川とよばれる川で、あの風光明媚をもって知られる虹の松原のほとりで海に流入する。いまは直接海に入るが、昔は海岸近くを西流していまの松浦川のあたりにそそいでいたらしい。この流れは同じく旅人によってうたわれた鏡山をとりまく格好である。

いま、玉島川はどこにでもありそうな小川の趣をもって静かな山あいを流れているが、それでも神功《じんぐう》皇后をまつる玉島神社があり、その前には皇后が鮎を釣ったという石を伝えている。

皇后が征戦に先立ってここで鮎を釣り、事の成否を占ったというのも、もう一つのこの地の伝承である。この故事以後、この川では女しか鮎釣りができないという。

われわれは静寂な川面を見、周辺の山野を眺めながら、心を古代に遊ばせつつ旅人の悲しみを理解することができよう。そのときには仙女さえ、あらわれてくる気がする。

【交通】ＪＲ筑肥線浜崎駅下車。玉島神社＝浜崎駅から昭和自動車バス細川行きで5分、玉島神社前下車。

◉壱岐

長崎県壱岐市、壱岐島

新羅《しらき》へか　家にか帰る　壱岐《ゆき》の島　行《ゆ》かむたどきも　思ひかねつも
六鯖《むさば》（巻一五—三六九六）

（新羅の方へ行くのか。家に帰るのか。壱岐の島の名のままに行くすべも、考えあぐねることよ。）

天平八年（七三六）の新羅《しらぎ》への使者のなかに、雪宅麿《ゆきのやかまろ》という男がいた。壱岐《いき》出身かとも思われるが、都をたって二カ月もの長い航海をつづけたあと、何の偶然か、本貫《ほんがん》の壱岐にやって来たところで突然病を得、死んでしまった。「鬼の病」にとりつかれたとある。物の怪《け》によって殺されたと考えられたらしいが、流行した天然痘にかかったものか。先だってはけなげにも、危険な漂流のあとで、

大君《おほきみ》の　命恐《みことかしこ》み　大船の　行《ゆ》きのまにまに　宿りするかも　（巻十五—三六四四）

（大君の命令を貴んで、大船の進み行くままに、旅の宿りを重ねることよ。）

とうたっていたから、なおのこと急死が同僚を悲しませた。三組もの長・反歌がささげられたほどだった。右はそのなかの一首（反歌）。六鯖《むさば》とは六人部鯖麿《むとべのさばまろ》の略称か。

何しろ行旅途上の死である。新羅へ行くのか都へ帰るのか、ここ壱岐の島ではないが行くえを知るすべもないことだと、六鯖は嘆く。

いま壱岐の島には「けんとうしの墓」とよばれる塚があって、これが宅麿の墓だと伝えている。石田野に葬ったと万葉にみえるが、いまこのあたりを石田町という。

小さな丘にのぼって小径をたどると、木立の藪かげに石塔が立っている。いかにもぽつんと心細げで、孤独に見える。

壱岐は対馬と併称されるけれども、私の印象はまったく違う。対馬はいかにも絶海の島という感じだし、山また山がつづく島を紺青の海が囲んでいて詩的ですらあるが、壱岐は呼子《よぶこ》の沖合に、いささか九州本土から離れて浮かぶ島という感じである。福岡から小さな飛行機に乗っても、あっという間に着く。

それなりに鄙《ひな》びた一つの地方といった風景がただよっていて、かえって対馬よりわびしい。宅麿の死も墓も、その風景の一つである。

【交通】博多港からフェリー、高速船で芦辺港経由郷ノ浦港。呼子港からフェリーで印通寺港。

◉対馬

長崎県対島市美津島町竹敷

竹敷《たかしき》の　玉藻靡《たまもなび》かし　漕《こ》ぎ出《で》なむ　君が御船《みふね》を　何時《いつ》とか待たむ
玉槻《たまつき》（巻十五―三七〇五）

（竹敷の玉藻を靡かせて漕ぎ出してしまうあなたのお船のお帰りを、いつと思って待ちましょう。早くお帰り下さい。）

くり返し述べるが、天平八年（七三六）に新羅へ派遣された使者たちは、そもそもの出発のときから、予定より二カ月も遅れたらしいうえに、瀬戸内海を通って九州から壱岐をへ、対馬に到着するまででも、なぜか二カ月以上かかっている。出発は晩夏だのに、もう対馬では紅葉が散る季節を迎えるほどだった。

おまけに大使はついに帰らない。ちょうどそのころ日本中に疫病がはやり出していて、そのために病死したのだとも、外交に失敗したために自害したのだともいわれる。いや疫病をこの一行が日本へもち込んだのだともいわれる。副使も第一陣の帰国より遅れて、翌九年の三月に帰国したほどだった。

冒頭の一首は、そうした困難のなかで対馬に一行がたどりつき、竹敷《たけしき》湾に碇泊したときに、土地の女性玉槻《たまつき》が一行に向けてうたった一首である。対馬には玉調《たまづけ》なる土地があるから、ここの女性であろう。伎芸を得意とした女性で、いま都からの貴人を迎えて、一夕《いっせき》の宴に侍ったものとおぼしい。

竹敷は浅茅《あそう》湾に面した地名、海中の美しい藻は船出の水脈によって、ゆらゆらと揺れる。後に揺れやまぬ藻を残して去っていった船を、いつ帰ってくるものとして私は待つのかと、思慕の情を述べた歌である。

この美しい歌さながらに、今日もなお浅茅湾は穏やかに澄みきった水をたたえている。造化の巧みをつくしたと思われる曲折をつらねた海岸線がつづき、岬と岬を重ねて深い湾入を形づくる。水はあくまでも碧《あお》い。

この夢のような風土は、しかし韓国を指呼《しこ》の間に望む、日本のさいはての島のものであった。この先は異郷、そこへ向けて漕ぎ出す船の無事を娘子《おとめ》は美しい風景に託してうたった。

【交通】博多港から壱岐経由厳原港。博多港から比田勝港。福岡空港からの便もある。

あとがき

長く大学に勤めていたこともあって、学生を連れた万葉旅行には、ずいぶんたくさん出かけた。三十年も春休み恒例の行事だった。

万葉に登場する地名には、とかく諸説あるから、一説として述べられたものまでいれると、まだまだ踏んだことのない土地があるかもしれないが、主なところは、すべて訪れて来た。北は黄金迫《こがねばさま》から南は薩摩の瀬戸まで。佐渡にも壱岐、対馬にも、また三井楽《みいらく》にも行った。

もちろん一人旅も、大人の万葉ファンの皆さんといっしょの旅もあったが、すべて例外なく、すばらしい経験だった。

ただそれらを文字にしたことは、今まで必ずしも多くない。出版物は『万葉百景』（平凡社）と『中西進と歩く万葉の大和路』（ウェッジ）ていどである。そこで、少しずつ需めに応じて書いたものを、今回まとめてみた。すべて読み返してみて、私自身では今日主張してもいいと思う考えや感想だと判断したものである。もちろん今日の立場からの加筆や修正をした。

また、三輪について書いたものは中西企画のシリーズの一冊として、著者を山内英正氏として出版されたものの中で、私が分担執筆した部分である。この本は中西と清原和義氏と山内氏とが分担したもので、そのよしは当書の凡例に述べたが、ここでもお断りしておく。

ウェッジは旅行と関係深い出版社で、今回、私の大和路ものの姉妹篇として刊行して下さることになった。松本怜子社長じきじきに取纏め役をして下さり、いつもながらの厚情に深く頭を垂れたい。

こうして刊行されたからには、ぜひ多くの方が読んで下さり、気の向いたところへお出かけ下さると、うれしい。現地で万葉の歌を大声で歌う気分は、また格別である。風土の意味にも、作者の人生への感懐にも、新しい発見がある。間違いなくある。それがすばらしい。

重ねて編集出版の御労苦への御礼を申し上げて筆を擱きたい。

二〇〇五年浅春

著者

プロフィール

中西　進（なかにし　すすむ）

1929年東京都生まれ。東京大学大学院修了。

大阪女子大学長、姫路文学館長などを経て現在、京都市立芸術大学長、奈良県立万葉文化館長。文学博士、文化功労者。瑞宝重光章受章。

『万葉集』など古代文学の比較研究を主に、日本文化の全体像、精神史の研究・評論活動で知られる。

読売文学賞、日本学士院賞、和辻哲郎文化賞、大佛次郎賞、奈良テレビ放送文化賞ほか受賞。

著書に『中西進と歩く万葉の大和路』『日本人の忘れもの』全３巻（ともにウェッジ）、『日本人こころの風景』（創元社）、『古代日本人・心の宇宙』（ＮＨＫライブラリー）、『聖武天皇』（ＰＨＰ新書）、『傍注万葉秀歌選』全３巻（四季社）、『ことばの風景』（角川春樹事務所）、『ひらがなでよめばわかる日本語のふしぎ』（小学館）、『日本文学と漢詩』（岩波セミナーブックス）など多数。

初出一覧　（本書所収にあたり、とくに現時点から加筆・修正をした。）

◎第一部　万葉の古代空間
○第一章　万葉びとの宇宙観
『文学と歴史の回廊　近畿Ｉ』（小学館）、93年10月（原題「万葉の世界」）
○第二章　万葉の道を歩く
『NET　WAY』91年4月
○第三章　大和しうるはし――三輪とその周辺
『万葉の旅・大和東部』（保育社）、87年2月
○第四章　近江から薩摩へ
「万葉のまほろばを歩く」パンフレット、82年11月～01年10月／「古代近江の旅」パンフレット、83年4月・84年5月
◎第二部　万葉の旅
「ふぉーらむ」（中日文化センター・名古屋）、86年3月～91年3月

ウェッジ選書 17

万葉を旅する

2005年2月25日　第1刷発行
2006年2月20日　第2刷発行

著者……中西　進
発行者……松本　怜子
発行所……株式会社ウェッジ
〒101-0047 東京都千代田区内神田 1-13-7
四国ビル 6 階
電話：03-5280-0528　FAX：03-5217-2661
http://www.wedge.co.jp/　振替 00160-2-410636
装丁・本文デザイン……上野かおる＋鷺草デザイン事務所
DTP 組版……株式会社リリーフ・システムズ
印刷・製本所……図書印刷株式会社

※定価はカバーに表示してあります。　ISBN4-900594-80-6 C0095

ウェッジ選書

1 人生に座標軸を持て
—自分の価値は自分で決める
松井孝典・三枝成彰・葛西敬之【共著】

2 地球温暖化の真実
—先端の気候科学でどこまで解明されているか
住 明正【著】

3 遺伝子情報は人類に何を問うか
—「ゲノム」が描き出す次世代の設計図
柳川弘志【著】

4 地球人口100億の世紀
—人類はなぜ増え続けるのか
大塚柳太郎・鬼頭 宏【共著】

5 免疫、その驚異のメカニズム
—人体と社会の危機管理
谷口 克【著】

6 中国全球化が世界を揺るがす
—われわれの命運を握る中国の決断
国分良成【編著】

7 緑色はホントに目にいいの?
—【図解】常識を科学する—ホントかウソか!? 40問
深見輝明【著】

8 中西進と歩く万葉の大和路
中西 進【著】

9 西行と兼好
—乱世を生きる知恵
小松和彦・松永伍一・久保田淳ほか【共著】

10 世界経済は危機を乗り越えるか
—グローバル資本主義からの脱却
川勝平太【著】

11 ヒト、この不思議な生き物はどこから来たのか
長谷川眞理子【編著】

12 菅原道真
—詩人の運命
藤原克己【著】

13 ひとりひとりが築く新しい社会システム
加藤秀樹【編著】

14 〈食〉は病んでいるか
—揺らぐ生存の条件
鷲田清一【編著】

15 脳はここまで解明された
—内なる宇宙の神秘に挑む
合原一幸【編著】

16 宇宙はこうして誕生した
佐藤勝彦【編著】

17 万葉を旅する
中西 進【著】

18 巨大災害の時代を生き抜く
—ジェオゲノム・プロジェクト
安田喜憲【編著】

19 西條八十と昭和の時代
筒井清忠【編著】

20 地球環境 危機からの脱出
—科学技術が人類を救う
レスター・ブラウンほか【共著】